生のみ生のままで　下

綿矢りさ

JN029572

集英社文庫

生のみ生のままで　下

凛《りん》は指定したカフェの個室に時間通りやって来たが、ボディーガードなのかマネージャーなのか、屈強で目つきの鋭い男性を一人連れてきて、近くのテーブルに座らせた。できれば二人きりで話し合いたかったが仕方ない。

「凛ちゃん、なんでここに呼ばれたか、分かる？」

「事務所にご連絡いただいたときはさっぱり分からなかったけど、今、こわーい逢衣《あい》さんの顔を見て分かりました。いま話題の、彩夏《さいか》先輩のスクープ記事に関してじゃないですか？」

「そうなの。あの記事に関して、凛ちゃんは何か心当たりない？」

「あるわけないですよ！　私もあの記事読んですっごく驚いた人間の一人なのに。私たちの映画、公開が終わってて良かったですよ。まさか彩夏先輩にそんなシュミがあるなんて。あ、逢衣さんもですね」

凛は清々《すがすが》しいほどの笑顔を見せて、私は呆気《あっけ》にとられた。どう言い逃れもできないほど、週刊誌に載ったのは彼女がマンションに泊まったときの写真なのに、彼女は堂々と嘘《うそ》を吐《つ》き、かつ笑みまで浮かべている。

「週刊誌に載ってた写真の私と彩夏の服装が、凜ちゃんが遊びに来た日とまったく同じだったよ。あの写真はあなたがお風呂に入るふりして私たちを隠し撮りしたものでしょ」

「まさか、私じゃないですよ。誰か他の人にもお二人は関係を知られていて、部屋にカメラでも仕込まれてたんじゃないですか。もしくはどこかで誰かに隠し撮りされたとか。彩夏先輩は他を蹴落としても自分がっていうタイプで敵が多いから、マネージャーさんとか内部の人間も怪しいと思いますね。とにかく私は関係ないですよ、逢衣さんも視野が狭いなぁ、彩夏先輩が毎日どれだけ多くの人と関わってる生活をしてるか知らないんですか」

口では身の潔白を主張しながらも、私たちを上手《うま》く嵌《は》めることができた得意げな目つきを隠さずに、彼女は、声に出さずに口の動きだけで、バーカ、と言った。いままで彩夏の可愛《かわい》い後輩としか見ていなかったから気づかなかったけど、彼女の闇は深そうだ。

「彩夏先輩がそういうのだったとか、私もショックだったんですよ！　だって私なんて先輩と寮の同じ部屋で何年も一緒に寝起きしてたんだから。あのとき、もしかしたら狙われてたのかな、って、ちょっと引いちゃいました」

「自意識過剰だね。眼中にもなかったと思うよ」

一瞬黙り込んだあと、余裕を見せるためか、彼女はにっこり微笑《ほほえ》んだ。

彼女の肌は一点の曇りもなくすべらかで、愛らしい顔立ちをしていたが、目は自分の言葉に興奮してギラギラと薄汚く輝き、唇の隙間から覗《のぞ》く歯は乾ききっていた。きっと彼女は本当は私ではなく彩夏にこの言葉をぶつけたいのだろう。でも彩夏に言う勇気はないのだ。

彼女から感じるのは、どす黒い怒り。一体どんな人生を歩んできたのか、彼女は彩夏だけでなく、周囲のあらゆるものに対して怒りと憎しみを持っているようにも見える。トラブルになった前の事務所にも、いまの環境にも、寮で相部屋だった彩夏が自分とは比べものにならないくらい活躍していることにも。

「彩夏はあなたのことを可愛い後輩だと思って、すごく気に掛けていたよ。あの子がうちに誰かを連れてきたのも、あなたが最初で最後だった。二人ともまだ売れてない貧乏なときは、寮の部屋で一つの鍋でラーメンを作っては二人で分けてたんでしょ？　彩夏はその思い出を大切にしてて、どうにか凛を助けたいって言ってたよ。上海《シャンハイ》で撮影したあの映画、プロデューサーに掛け合ってあなたを推したのが、彩夏だって知ってた？」

凛の顔が曇り、初めて素の表情が垣間《かいま》見えた。一瞬泣きそうになった後、私を粘着質な目つきで睨《にら》む。

「今さらそんなこと知っても、もうどうでもいいです。逢衣さんこそ、後ろ暗くないなら、堂々としてればいいじゃないですか。こんなとこで犯人探しなんてしてないで、彩夏先輩と恋人宣言でもなんでもすべきです。

でも分かりますよ。多分逢衣さんは普通に暮らしてたのに、彩夏先輩に引きずり込まれて変な世界に入っちゃったから、世間から批判されるのが恐《こわ》いんでしょ。逢衣さんって、なんていうかほんと平凡な普通の女の人って感じだもんね。この機会に別れちゃった方が逢衣さんは幸せになれる、って私は思うな。彩夏先輩って周りの人を巻き込んで不幸にするタイプだから」

私はもう怒っていなかった。凜が侮辱しようとすればするほど、私の脳裡《のうり》には彩夏の明るい笑顔や私にしか見せない独特の表情が浮かんできた。

そしてこの会話も録音されている可能性があった。凜がいままで味わった苦労が全部その小さな顔に現れ出る前に、私は会計を済ませ、店を出た。

出勤すると日頃は接する機会が少ない、週刊誌部門の社員から廊下で声を掛けられた。

「荘田《しょうだ》彩夏さんの記事、南里《なんり》さんはお友達だからご存じですよね？　うちでも追うかどうか今編集部で話し合ってるんですが、あれって信憑性《しんぴょうせい》はどのくらいですか？」

「さあどうなんでしょう。彼女とは友達だけど、プライベートの部分はあんまり話さないから」

「そうですか。彩夏さんって今まで一度もスクープされたことがなくて、やっと出たと思ったらあんな突拍子もない記事でしょう。なんかの間違いだったんじゃないかって、うちはまだ半信半疑なんです。事務所からも、事実無根とのコメントが出てたしね」

私は会釈して立ち去ろうとしたが、彼は私の後をついてきた。

「でもあの記事、妙に詳しい記述もあってですね、相手の女性は出版社勤務って書いてあったんですよ。もしかして、相手は南里さんじゃないですか？」

やっぱりそれを訊《き》くために話しかけてきたのか。詳しい記述ってなんだろう、私の個人情報はどこまで書かれているだろうか。

「まさか、違います。まったく心当たりがない」

「ですよね、やっぱり。もし南里さんが相手だったら、うちで独占告白してもらおうと思ったけど、違うなら無理だよね。いや、違うとは思ってたけど、とりあえず訊いてみたくて」

彼と別れて自分のデスクに戻ったあとも、まだ胸の動悸《どうき》が収まらなかった。

帰宅後、携帯の画面に見知らぬ電話番号が表示されて、恐る恐る出ると、慣れ親しんだ声が耳に飛び込んできた。

「逢衣？　私だよ、事務所の人の携帯を一時的に盗んでかけてる」

「すぐ切った方がいいよ。電話は厳禁なんでしょ？」

一週間ぶりに彩夏の笑い声を聞いた。

「大丈夫、浴室のなかだよ！　ばれないように湯船に携帯持ち込んだ。トイレまでは追いかけて来たけど、さすがにこのなかまでは、あの人たち来ないみたい」

「どんな状況なの？　ちゃんと生活できてるの？」

「仕事のとき以外はずっと事務所で諭されてる。プロ意識がないとか売り出し中なのにとか、記事をもみ消すためのお金がどうとか、ずっと。私が逢衣と別れるって宣言するまで続けるみたい。良い大人が馬鹿みたいだよね。でも平気、あと少し耐えれば逢衣と一緒になれるから」

「え？」

「仕事は引退する、って近々伝えるつもり。逢衣と一緒に居られないなら仕事だろうがなんだろうが、何を続けても無駄。早く逢衣のところへ帰りたいよ」

さらっと爆弾発言をする彩夏に私は眩暈《めまい》がした。

「そんな簡単に行くわけないでしょう。違約金が発生するんでしょ？」

「大丈夫、なんらかの形で返していくか、こっちも弁護士つけてなんとかするよ。いまの事務所を辞めて違う事務所に移籍してまだこの世界でやっていきたい、ってなると大変だけど、完全にこの業界から引退するって決めたら、あとはもうシンプルなものだよ。

一般人に戻るんだから後追い記事も書けなくなるしさ」

「移籍して活動を続けるのは絶対に無理なの？」

「うちの事務所から私を雇うなってお達しが行き渡ると思うから、引き取り手が無いと思う。もし別の事務所に所属するとしても何年か後で、その間は干されるだろうな。それで復帰したら今度はうちの事務所も一緒になって、私と逢衣に関するスキャンダルをまき散らすよ。最盛期に突然引退して、数年経っただけで許してくれる世界じゃない」

よく聞くと彼女の声は、妙にハイで上擦《うわず》ったように調子がはずれている。

「彩夏大丈夫？　ちゃんと寝てるの？」

「寝られるわけないでしょ、こんな状況で。昨日も六時間ぶっ続けで、色んな人からお説教。みんな泣いたり怒ったり怒鳴りつけたり凄《すご》んだり。でも全然影響は受けてない。ここの人たちは、私が十代の頃から何かあると同じやり方をくり返してきたからね、いい加減私も慣れてる。芸歴長いと耐性ついていいね」

「たくさんの人が怒ってるんだね。大きなビジネスなんだから当たり前か。せっかくこれから、って時だもんね。彩夏だって長年頑張ってきたことなのに、こんなタイミングで大きな決断をしちゃっていいの？」

「引退するのも、簡単に決心したわけじゃないよ。命かけてやったからこそ、中途半端には続けられない。だから、迷いはまったくなかった。逢衣と別れろと言われた時点で心に決めてた。私は逢衣のために犠牲を払うわけじゃない、むしろ百パーセント自分のためなんだ。逢衣と一緒にいなければ生きてる意味がない。死んでる私に仕事をやらせて、あっちも何が得なの？　って思うよ。だから今の時点で引退するのが私にとっても事務所にとってもちょうど良い。潮時ってやつかな」

「でも……」

私の脳裡に凄《すさ》まじい速度で、だけど鮮明に、仕事をしている彩夏の映像が流れた。画面のなかで涼やかに笑う髪を二つに結んだ彼女、深夜のリビングで思い詰めた厳しい顔で、この仕事ができて幸せだと語った彼女、親元を離れて寮の相部屋でひたすら懸命に下積み時代を生き抜いてきた彼女。彼女と彼女の夢を支える人たちが何年もかけて夢見てきたこと、その実現の時期は、まさに今なのではないだろうか。

「あ、お金のことは心配しないで。すぐ仕事を見つけるし、貯金も普通の暮らしをしていれば、私たち二人ともまず困らないぐらいはあるから。中途半端な態度を長く続けてると、また仕事を入れられてスケジュールが先までどんどん埋まっていくから、なるべく早くに自分の意志をはっきり伝えなきゃ」

「いつ、引退するって言うつもりなの？」

「大丈夫、今すぐ言うよ。逢衣は心配しないで、ただ待っていて。今夜は会食って名目で、もうすぐ社長も来ることになってる。料亭に連れてかれるみたいだから、そこで言うよ。可笑《おか》しいよねあの人たち、これまでいくら無茶を言っても、私が売れたい一心でなんでも要求をのんできたから、今回も同じ方法でできるって思ってる。どれだけ威圧したって、私が事務所を辞めて芸能界を引退すれば、手も足も出なくなるのに。まさか捕まえて東京湾《とうきょうわん》に沈めるわけにもいかないしね」

彩夏は軽口を交えて話していたが、強い意志を抱いていることが伝わってきた。

「分かったよ彩夏、私のために覚悟を決めてくれてありがとう。でも今夜引退するって言うのは待って。敵に周りを囲まれた状態で意思表示するのは危険だよ。明後日《あさって》に私も事務所に行くから、そこで言うのはどうかな。そうしたら私もいるし、あの人たちの面前で、二人で堂々と宣言してやろうよ」

「そうしよう！　実は、もし逢衣に反対されても、今日中に絶対辞めると言ってやるって気持ちでいたんだけど、一人のときに言うより逢衣がいるときに言う方が、百倍良い。楽しみすぎて明後日が待ちきれないくらい。手を繋《つな》いで一緒に帰ろう」

彩夏の声には悲劇的な境遇に酔いしれている響きはなく、ただ二人同じ布団でゆっくり眠りたい、という風な素朴な願いだけが感じられた。彼女は恐らく魂の底から疲れ果てている。

「じゃあおやすみ。愛してるよ」

彩夏の穏やかな囁《ささや》きを最後に電話は切れた。〝愛してる〟はお互いあまり重要視していない言葉だった。今までは、言っても冗談で使っていた。でもこうして距離が離れると、触って体温を確かめられそうな、温かい生きた言葉として耳の奥に響いた。

呼び出された事務所の応接室には彩夏の母親がいた。

彩夏の母親は自分の娘が目の前に現れると、まるで〝私だけはこの子をぶっ叩《たた》ける〟ということを私や事務所の人たちに誇示するかのように、面前で平手打ちした。

「事務所の方々はあんたを小さい頃から面倒見てくれて、あんたが成功するように今まで尽くしてくださったのに、裏切るような真似《まね》をして恥ずかしくないの」

事務所に半ば脅されて強制的に言わされているのだろうかと思い、様子を見ていたが、彩夏の母親は本心から言っているようだった。彩夏は母親に引きずられ、隣の部屋に連れて行かれ、中から罵倒する母親の大声が聞こえてきた。ドアを閉めても漏れ響くほどの罵声に耐えている彩夏を想像すると、何がなんでも助けたかったけど、手出しもできず、歯を食いしばっていると涙が出てきた。

頰を押さえて部屋から出てきた彩夏に駆け寄って支えると、一緒に出てきた母親は今度は私に攻撃の矢を向けた。

「立派ね、この子を守ってあげたりして。あんたが男役をやっているの？」

私は頭に血が上って反論しそうになったが、彩夏の母親の瞳に宿っている、挑発するような光を見つけ、理性を総動員して抑えた。彼女は怒りにまかせてこんなことを言っているんじゃなく、私と彩夏の仲を悪化させようとして言っている。彼女はなんとかして私たちの間に亀裂を入れ、別れさせたいのだ。おそらく私よりも彼女の方が百倍くらいは喧嘩《けんか》慣れしているだろう。私は一つ深呼吸すると、冷静になれそうな言葉を選び慎重に話しかけた。

「私と彩夏は後ろ指さされるようなことは何もしてません。女同士だというだけで、普通の男女の恋愛と同じです。今の世の中どんどん同性カップルが認知されてきているのに、こんなやり方で弾圧するのは古すぎませんか」

「逢衣さん、あなたは勘違いされてます」

彩夏の母親が好きなようにするのは黙って見ていた統括部長が、静かに切り出した。

「私たちはあなたが男か女かを問題にしていません。あなたがどちらの性であっても、私たちは主力商品である彩夏の価値を守るために、あなたと彩夏を引き離します。今の彼女の隣には男も女も関係なく、誰もいるべきじゃないんです。彼女を応援する人たちが〝いつか自分が立てるかも〟と期待できる余白が必要なんです。良い作品に出て演技力を磨いていれば問題ないじゃないか、と思われるかもしれませんが、彼女が無色透明な、瑕《きず》の無い私生活を送っている方が、観客たちは感情移入して作品にのめり込めます」

男も女も関係ない、という言葉が胸に深く突き刺さった。本来の演技の仕事ではないけど、プライベートの厳重な管理も彩夏の仕事の見逃しがたい大きな一面なのだ。

「私は二人のお付き合いに反対しているわけではないのです」

米原《よねはら》さんが口を開く。

「そこはサイのお母様とは違うところで、私はサイのパートナーが誰であろうが、サイが落ち着いた心もちで仕事を続けられるのなら、もちろん反対はしないし、する権利もありません。しかし私どもにはサイのパブリックイメージを死守する使命があります。たくさんの大きな契約がある今、私生活の余計な雑音をスポンサーやファンの耳に入れることは決してあってはならないことなのです。サイ自身もそれは重々承知していると思っていたので、正直これまでの恩を忘れ去られたことにも、サイの無責任さにも失望しています」

部長が続ける。

「ある一定の期間の交際禁止というのは彩夏がデビューした頃からの約束で、契約違反した彼女は本来なら契約解除されるべきです。一番大切な時期に問題を起こして、今まで彼女にかけてきた資金を無駄にしたのだから、彼女に私たちは相応のペナルティを科します。あなたが想像している以上に徹底的にやりますよ。私たちには私たちの面子《メンツ》がありますす。裏切り者を無傷で解放するわけにはいかないのです」

おもむろに部長がテーブルの上に置いた、大きく引き伸ばされた白黒の写真を一瞥《いちべつ》して、私はすぐに目を逸《そ》らした。

「向こうは初めこれを巻頭に載せる気で電話をかけてきました。あらゆる策を講じてなんとかこの写真は使われずに済みましたが。向こうはあなたが一般人であっても最低限目元を隠すだけですから、お知り合いやご家族がこの写真を見たらあなただとすぐばれますよ。私たちはあなたがどこにお勤めか既に把握しています。うちとも繋がりがある部署だと思うのですが、こんな写真が出たらご自身の職場での立場も悪くなるのではないですか？」

仕事を辞めることになっても、親や友達に彩夏とのことが知れ渡ってもいい。

でも抵抗感がないと言えば、それは嘘になる。

だって、こんな形で？

こんな形で周りに私たちのことを知られてしまうの？

「確かにいままでの私たちの行為は軽はずみでした。ごめんなさい」

当事者なのに、部長から一度も話しかけられず見もされなかった彩夏が口を開いた。

「でも一体どうやったら防げたんでしょう？　だって部屋のなかでの盗撮ですよ。私たちも被害者です」

「会う限り絶対撮られないなんてことがあるわけないだろう。お前何年この業界でやってきてるんだ」

　今までとは違う迫力のある低い声音《こわね》で、部長は彩夏に語りかけた。

「いいか、先行記事がもはや出てしまった今となっては、一社だけじゃなくて複数の社の記者が決定的瞬間を撮ろうと手ぐすね引いて待っている状況なんだぞ。あいつらは欲しい写真のためならなんでもやるし、もうこちらに押さえる術《すべ》は残されてない。うちとしても、そんな爆弾を抱えた状態のタレントを今まで通り推し続けるなんて馬鹿なことはしない。甘い考えはいい加減捨ててくれ」

　部長が私に向き直る。

「単刀直入に言います。今回の記事は私たちが責任を持って綺麗《きれい》にもみ消すので、あなたは彩夏ともう会わないでください。二人が会い続けていたら、いくらもみ消しても意味がない」

　部長、米原さん、彩夏の母親が一斉に私を見た。なぜ彼らが私に決定させたいのかはよく分かる。刃向かった場合の制裁はすべて彩夏にいくと、暗に脅すためだ。

「私たちは別れません。しかしあなたたちが一つ約束してくれるなら、私は条件を呑《の》みましょう。彩夏が仕事を続け、あなた方に今までかけてもらったお金をすべて返済するほど稼いだら、つまり義務を果たしたら、必ず私に連絡をください。その後は私たちの自由です。それを約束してくれるなら、私はそれまで一切彩夏とは会わないし連絡も取りません」

私の言葉にもっとも愕然《がくぜん》としたのは私の手を握っていた彩夏だった。彼女の顔が蒼白《そうはく》になり頰が引きつり、唇が色を失うのを私は間近で見た。悲しいけどいま彼女の夢を終わらせるわけにはいかない。

「いいでしょう、必ず連絡することをお約束します」

部長は初めて表情を綻ばせて歯を見せた。

「私たちはなにも、お二人の仲をいたずらに引き裂きたいわけではないのです。この業界では、活躍する人たちは誰しも旬というものがあります。私は今まで手塩にかけて育ててきた彼女のイメージを、一番の旬の時期に壊されたくないだけなのです。彼女は長く活躍し続けるでしょう、しかしプライベートでの一挙手一投足が注目される時期はそんなに長くありません。その時期が終われば、ある程度の自由は彼女に必要だともちろん私たちも分かっています。そのときは私たちはまっさきに南里さん、あなたにコンタクトを取ります」

「分かりました。私はあなたの言葉を信じるよりほかに手はないですね。時期が来たら、必ず私に知らせてください。私は何年かかっても辛抱強く待っていますから、絶対に忘れないでください」

「ありがとうございます。ただし我々から連絡が行くまで、もしあなたが彼女と連絡を取ろうとしたり、会ったりしたら、私たちは永久にあなたと彼女を遠ざけます。そんなことできるわけないと思うかもしれないが、私たちはやろうと思えば本当にやります。会社の面子にかけて、どれだけ人を雇って労力を費やしても、やります」

彩夏は床に直接座り込み、力なく首を垂れて頭を上げない。大丈夫だからと伝えたくて彼女の腕を摑《つか》んだが、激しく振り払われた。米原さんの手も同様に振り払って、いくつもの目が彼女を厳しく見つめても立とうとしない。

「嘘でしょ、逢衣」

「絶対に待ってるから。愛してる」

囁いたが、彩夏は顔を伏せたまま私を見ない。

事務所を出たあとも彩夏の様子が頭から離れず、私は夕方実家を出て、先日追い出されたタワーマンションへ向かった。

インターホンを押すと、出たのは米原さんだった。玄関のカメラで私が映っているのを確認したらしい彼女は、押し殺した声で告げた。

「南里さん、分かっていらっしゃると思うけど、私は見張り番としてここにいます。あなたを中へ入れることはできません。さっきお約束したばかりではありませんか。事態が落ち着いたらこちらから連絡いたしますので、それまで行動を起こさずにお待ちください」

「お願いします米原さん！　彩夏いるんですよね？　会わなくなる前に、あの子の様子を一目見たいんです」

「ちょっとそんな大声で……。無理です、聞き入れることはできませんよ。残念ですがお帰りください」

私はカメラに向かって頭を下げながら、声を張り上げた。

「本当に今日でおしまいにするから、どうか、中へ入れてください。今日だけです！　お願いします！　お願いします！」

沈黙のあとエントランスのドアが開き、私は素早くドアの内側へ駆け込んだ。部屋の前にたどり着き、インターホンを鳴らすと、憔悴《しょうすい》した表情の米原さんが玄関のドアをあけてくれた。

「私たちが人目を気にする状況にあることは知っているのに、目立つようにエントランスで大声を出すなんて卑怯《ひきょう》ですね。残念です、こんな非常識な方とは思っていませんでした」

打ちとけた会話もしていた彼女に失望されるのは辛《つら》いが、残された時間が少ないなか手段は選べなかった。

「彩夏に会わせてください。事務所では元気が無かったから心配してます」

「南里さん、私は裏切られた気持ちでいっぱいです。私は本当にあなたたちが仲の好《よ》い友達同士だと思ってました。社長には、お前はすぐ近くで何度もあの二人を見ていながら、なんでそういう関係だと気づかなかったんだと詰《なじ》られましたが、私は疑いすら持ったことがありませんでした」

私の前に立ちはだかった米原さんは身体《からだ》の前で両手を強く握り締めていた。

「二人が恋人同士だと私に打ち明けてくれていれば、中西《なかにし》さんのときのように事務所に内緒で味方になって、あなたたちを守る方法も一緒に考えたかもしれません。でも私は大切な事実のすべてをあなたたちの口からではなく、下世話な週刊誌の記事で知ったことが、哀《かな》しくて仕方ないです。私は全然信用してもらえなかったんですね」

「米原さん、それは違う。私たちはあなたを余計なことに巻き込みたくなかったの」

「違わないですよ、いままで部外者扱いだったのに、付き合いが外にばれた途端、仲間意識を持たれても困ります」

米原さんは苦しげに目をつむると頭を振った。

「私には信じられません。お二人は本当に良いお友達同士でした。どこでどう間違ってしまったのか。二人とも勘違いなさってるだけで、時間が経《た》てばきっと目が覚めて、これは恋愛じゃないって分かるはずです」

これが恋でないと言うなら、あなたは一体何を恋と呼ぶのか。

もちろん言えなかった。米原さんの戸惑いは彩夏に告白されたときの私の反応に似ていた。

米原さんはため息をつき、傍らにあったバッグを握ると立ち上がった。

「サイは寝室にいます。夜の八時には帰ってきますからね！　他の社員も一緒に来る予定なので、南里さん、それまでには絶対に帰っておいてくださいよ」

私は玄関へ向かう彼女に深いお辞儀をした。米原さんなら折れてくれると思った。そこを狙い打ちした私は確かに卑怯者かもしれない。彼女が出ていったあとドアにチェーンをかけると私は廊下を進んだ。八時まであと一時間もない。通りかかったリビングは荷造りの途中で、既にほとんどのものが梱包《こんぽう》されていつでも運び出せる状態になっていた。つい最近段ボール箱で荷物を持ち込んだばかりなのに、結局このマンションに住めたのは一週間足らずだった。

寝室へ入ると、照明を最小にした薄暗い部屋で、事務所にいたときのままの服装の彩夏が、ベッドのフレームに腰掛けていた。ベッドはもうフレームだけだ。彼女はこちらを見ようともしない。手を握ろうとすると、素早く引っ込めた。

「私たちはもう別れたでしょ。帰って」

彼女の冷たい言葉に、張りつめていた気持ちが一気に崩れて泣きそうになる。

「一体何を聞いてたの？　私はあの人たちに、彩夏が義務を果たしたら絶対に会わせてもらうって言ったんだけど」

「逢衣は私の気持ちを全然理解してない。私はあの記事が出てむしろ、ようやく私たちは友達同士じゃなくて恋人同士って世間に知ってもらえると思ってほっとしたのに」

「そんなの知られても、余計事態が難しくなるだけだよ。友達同士に見えるってことを、上手く利用できたこともいっぱいあったのに、なんでこのタイミングでそれまで手放すの？」

お台場《だいば》や原宿《はらじゆく》でのデートを思い出しつつ私は言ったのだが、彩夏の逆鱗《げきりん》に触れたらしく彼女の顔が青白くなり強張《こわば》った。

「利用するなんて、下品な言い方しないで。これまでの私たちの付き合いまで汚すような言い方はしないで」

「彩夏は私たちの恋愛がどれだけ高尚なものだと思ってるの？」

私たちは睨み合った。余裕もなければ時間もない、冷静になれなくて今話すべきではないことまで口に出している。二人で協力しなければならない場面なのに、私たちはなぜ喧嘩しているのだろう？　お互いが本気になった喧嘩は付き合って以来初めてだから、初喧嘩にも今の切羽《せつぱ》詰まった状況にも、二重に混乱する。とにかくさびしくてたまらない。いま一番したいのは、彩夏と一緒にベッドに入ってただ寄り添い、傷を癒やし合うことなのに。

「女友達を隠れ蓑《みの》にすることがどれだけ私にとって苦しかったか、逢衣には分からないの」

「でもそのおかげで琢磨《たくま》さんと付き合ってたときみたいに、ちょっと会うにも一苦労するわけじゃなくて、外でデートできたばかりか一緒に住むことまでできたのは事実じゃない」

「その通り。女同士ってだけで、逢衣とは二十四時間一緒に居られて、ベッドもお風呂もトイレでさえ一緒でも、誰もが私たちを仲の好い友達同士だと思って疑わない。だからこそ、どれだけ恐かったか。むしろ記事を見てからの方が安心できたぐらいだよ。あぁようやく、私たちの関係が分かってもらえたって」

私は顔を顰《しか》めて無言で反抗した。

「友達と恋人の間の、見えない境界線を必死で見ようとしてた。逢衣と付き合っている間、ずっと。逢衣が私の身体に拒否感があるのも分かってたから。私たちの関係が表に出た途端、こんなにあっさり振られるって知ってたら、私はもっともっと用心深くしていたかもしれないけどね」

この人は本当に私が毎日一緒に住んで、冗談ばかり言いながら笑い合っていた彩夏と同一人物だろうか？　あんなに天真爛漫《てんしんらんまん》だった彼女が一皮剝《む》けばこんなにも不安を抱えていたなんて想像もしなかった。

「振るってなに。別れたいなんて、一言も言ってないでしょ」

「もうこんな話やめよう。言えば言うほど空《むな》しくなる。私、本当はよく知ってるんだ。逢衣と私では想《おも》いの重さが全然違うってこと。私にとって逢衣は人生のすべてだけど、逢衣にとっての私は、順調に歩んでた人生に突然現れた疫病神みたいなものだよね」

「前のマンションで二人で暮らしていたときの幸せな記憶は、もうどっかに飛んでいっちゃったの？　もう一度言う、私は別れたいなんてこれっぽっちも思ってない。ただ彩夏の活躍する大事な時期、何年間になるかは分からないけど離れるだけ。私だって嫌だよ、でもこれしか方法はないし、何年かかっても私は乗り越える気でいるよ。芸能界の事情なんてほとんど分からないけど、事務所の人たちは大げさには言ってないと思う。本当に入れ替わりの激しい、競争に強い人しか生き残れない世界なんでしょう。ただ彩夏を商品として見ていて、その価値を損ないたくないからって感情だけで言ってるんじゃなくて、きっと彩夏のこれまでの努力とか、将来性を見越した上での言葉だと思うよ。私はあそこにいた人たちから、威圧感だけじゃなくて、愛情も感じた」

「そう、あの人たちにだって良心はある。だから交際をやめさせる罪悪感から逃げるために、私のためだってことを、すごく強調してたんじゃない。騙《だま》されたらだめだよ、逢衣」

「そういう気持ちも少しはあるかもしれない。でも絶対に、全部じゃないよ。あなたにはたくさんの大人が血相かえて必死に守らなきゃいけないほどの価値と魅力があるってこと」

「イライラする、どうして分かってくれないの。私はあの人たちの嘘に騙されたくない」

「とにかくあの人たちの見立て通り、彩夏への過剰な注目が落ち着くまで、少なくとも三年ぐらい、大人しくしてるのが得策だと思う」

彼女は耐えきれないようにしゃがみ込んで頭を抱えた。

「お願いだからそんな先の話をしないで。逢衣って、気が長いにも程がある。しかも三年って、なんの根拠も無い数字だし。前に言ったでしょ、私は自分が三十歳になってる姿さえまだ想像できないんだよ。私たちのこれからの三年間がどれだけ大切な時間か、逢衣は分かってない」

彼女がどうしても私の言い分を信じきれないのは、彼女の刹那的な生き方も関係しているのかもしれなかった。

「せっかく出会えて気持ちも繋がっているのに、どうして未来のために別れなくちゃいけないの。逢衣の言う未来に一体何が待ってるって言うの。そんな生き方してたら一生なにが幸せか分からないうちに死ぬよ。私たちは永遠には生きられないんだから！」

「確かに私たちは永遠に若いわけじゃないよ。でも生きてさえいればきっとまた会えるから。私は彩夏の小さい頃からの夢をこんな形で諦めさせることはできない」

「どうして分かってくれないの？　私はこの世の中に逢衣より大切なものなんてないんだよ。この機会に私と別れたいから、分からないふりをしているの？」

「そんなわけないでしょ。むしろ私は彩夏と永遠に離れたくないからこそ、長い人生の尺度から見ればほんの一瞬だけあなたと離れることを選んだんだよ。悲観的にならないで、未来を信じて」

「逢衣はずぶ濡《ぬ》れのセーターを着て生まれてきた人間の気持ちが分かんないんだよ。私たちが理解しあうにはお互いが赤ちゃんだった頃から同じ生活を送るしか方法がない」

「なに言ってるの？　みんな裸で生まれてきたよ」

「ほら！　逢衣にはやっぱり分からない」

彩夏は涙目になり金切り声を上げた。私だって泣きたい。でも彩夏が泣いて、私まで泣いたらもう収拾がつかなくなることは目に見えていた。こらえるためには腹筋を使うしかなく、私は身体の芯をぎゅっと絞り、内側を流れる涙を呑みこんだ。

「彩夏の夢は私の夢だよ。あなたには私には無い翼が生えてる、もっと飛んで羽ばたく姿を私に見せて。それで思う存分飛び回ったら私のもとに戻ってくるのを忘れないで。彩夏はまだ道半ばだよ。勇気が要ると思うけど、これからは自分一人で飛ぶ時間が必要になる」

押し黙った彩夏の顔に、異様な表情が表れた。近寄りがたく荒廃し、寒々とした気配。彼女はすべてを剝ぎ取った険しい瞳で私を睨み、沈黙を貫いた。

青ざめた彼女の顔を両手で包み、色を失った唇に自分の唇で触れた。彩夏は私を観察するだけで自分からは動かないので、私の動きだけが際立った。私は自分の舌を彼女の舌に絡みつかせ彼女の息が上がってきたのを確認すると、彼女を冷たく硬い床へ押し倒した。寝室のその場所に私たちはカーペットを敷いていたが、いまでは取り払われて何もない。彼女の長い髪に手を突っ込み五本の指でかき乱しながら、彼女の左耳全体を口に入れて軽く嚙《か》み舐《な》め回した。すすり泣くような声を確認して、私は一旦口から彼女の耳を出し、次は舌を耳の穴に突っ込み舌先が届くかぎり奥まで丁寧に舐め回した。強く頭を押さえつけたから彩夏の髪が抜けて私の左の薬指にまとわりついたのを、親指の爪で弾《はじ》いて取り除いた。

一方で右手は、彼女の身体のあらゆる箇所を這《は》い回っていた。私の手は彼女の背骨をなぞり尻を摑み太腿《ふともも》をざっと撫《な》でた。無表情で通していた彩夏もこれにこらえきれずに僅かに微笑した。バカだなぁと思っているのだろう。彼女の項《うなじ》から垂れてきた汗を舐めると、塩辛く生々しく、どこか少しだらしない味がした。Vネックの薄手のニットをまくり上げて脱がせ、黒いデニムのスカートを、ボタンを外してから引きずり下ろすと、彼女は当然下着姿になり、バストのアンダーを支えているブラのベルトの白さと真《ま》っ直《す》ぐさに、なぜか薄《うつす》らと興奮する。

彼女の吐息や喘《あえ》ぎ、呻《うめ》き声はどんな言葉より雄弁で、私も言葉ではなく動物としての野生の耳をそばだて、彼女の生理的な声に従った。初めて、どんな刺激的な言葉でもこういうときに口にすると白けることを知った。いくら煽情的《せんじょうてき》な言葉でも、抑えきれないため息にはかなわない。本当の意味で言葉にならない音で声帯を震わせるのはこのときだけだ。低くても高くても抑えていても人種を超えて否応《いやおう》なく理解させ、一気に動悸と呼吸と体温を上昇させる。

燦々《さんさん》と太陽が降り注ぎ限りなく自由になれる、言葉の必要ないこの海で、私たちはただ無心に泳ぐだけ。

彩夏が身体を入れ替え脚の方へ移動すると、彼女の次の行動が予想できて、目の前が眩《くら》むほど熱くなり、次に耐えがたい拒否感から背筋が寒くなった。私たちの間には直接的な行為が存在しないから、それが重要なのは分かっていた。でも彼女の頭がその位置に来ると想像するだけで私は気が遠くなりそうだ。気づかないふりをして自分のポジションを下へずらした。

「私のこと愛してないの？」

「愛してる」

「じゃあ、いいでしょ」

身体は固まり一ミリも動けなくなって、どうしようもなくなり私は彼女を見上げた。彼女は優しげに微笑んでいた。

「嘘だよ、無理しないで。どうしても無理な逢衣の顔も私すごく好きだったの。突然無口で無表情になって逢衣が恐がってるのが伝わってきて、すごくセクシーだった」

ゆっくり進んでいこう、と彼女は今度は続けなかった。

ごめんなさい。でもこの難関は今日乗り越える。私は彼女のブラを外し、乳房を両手で優しく覆った。魅力的な形をしているのは明らかだけど、生理的な抵抗をなくすのは今まで困難だった。でもそれは、彼女がいつでも側《そば》にいると過信して、いつか乗り越えればいいやと甘えていたせいかもしれない。

私は目をきつく閉じて彼女の乳首を口に含んだ。舌の震えを隠すために強く吸うと、彩夏の口から湿った吐息が漏れた。口を動かしながら手でもう片方の乳房を掴み、手のひらに載るぐらいの大きさの生き物を慈しむみたいに五本の指で温かく包んだ。柔らかい脂肪が私の指の股に甘い膜を張る。彼女の胸の谷間からはベビーパウダーに似た優しく郷愁を誘う香りがして、私は微睡《まどろ》みたくなるくらいの安らぎを感じて、谷間の真ん中に顔を埋めた。彩夏の乳房を恐れる必要なんてまったくなかった。彼女の胸は温かく無防備で、男性でも赤ちゃんでもなく、ただ私を迎え入れるためだけに開いていた。恐れていたぐにゃっとした感触ではなく、その弾力は手のひらに吸い付くような、揉《も》めば揉むほど切なくなる繊細な感触だった。手のひらのちょうど真ん中に当たっている柔らかく押しつぶされた乳首も、心を波立たせた。

少し息の上がった彼女は柔和な表情で私を見下ろしていたが、自分の手を私の下へ這わせた。ぎこちなく入り口を探している指先の冷たさにお尻が震える。彼女の侵入を悦《よろこ》んだ内側の肉が彼女の指に吸い付いていくのが分かった。彼女の中指が的確にポイントを捉えると私の周りの景色はすべて吹っ飛び、代わりに身体全体が白い水蒸気に包まれているようで、同時に首の付け根を下から上まで一気に舐められると、強い刺激に身体が快感へ集中した。彩夏からもまた強い欲望の香りが立ち上ってきて、自然に動き始めた彼女の腰に私は自分の手のひらを当て、なめらかさをたのしんだあと、彼女の内部に指を進めた。

心ゆくまで味わいたくて目を閉じた。さらにもっとわがままに快感を追求したくて、彩夏の視線さえわずらわしく顔を背けた。彼女の喉から絞り出すような喘ぎを耳元で聞き、私はわざと彼女とまったく同じように、同じタイミングで指を動かした。気づいた彩夏が額に汗を光らせて笑った。それは一緒に達《い》きたいという私のわがままな合図だった。彼女は無言で要求に応え生唾を呑み込むと、私のペースに合わせるため、さらに深く腰を沈め奥へと誘った。

私たちは同時に高みへ上り、お互いの内部はお互いの指を求めて切なく収縮した。彩夏は指を動かすのをなかなかやめず、さらに高まる痺《しび》れたような痛みすれすれの快感にこれ以上は身体が壊れると本能的にストップがかかり、腰を引いた。私たちは息の上がった状態でお互いの瞳を見つめた。熱は翼をもって羽ばたいていき、二人の身体にはまた現実の悲しみが舞い降りた。私が彼女と離れると宣言したときから彼女の目にかかるようになった膜が、今も降りてしまったのを私は見届けた。

また彼女の目から涙が溢《あふ》れだした。彩夏の泣き声も嗚咽《おえつ》もない静かな涙に、私自身も泣きそうで、必死に耐えた。ひどい耳鳴りを深呼吸でごまかして、私は彩夏の肩をできるだけ優しくさすった。あまりに心を寄せすぎると私まで崩れてしまうから、他人行儀に励ますように触ることしかできなかった。赤く充血した彼女の目が私を見つめる。

「一生の傷が欲しい」

「は？」

「少しでも後に残る形で私を汚してから去ってほしい」

彩夏は右腕を差し出した。

「ほら、ここに爪痕でも噛み痕でもなんでも良いから、小さいけど深い、一生消えない傷をつけてほしいんだ。逢衣と身体を重ねた痕跡を残したい」

どうやら本気のようだと察して私は恐怖を感じた。

「なに言ってるの？　私を忘れないために傷を、ってこと？　いやだよそんなの。また戻ってくる気でいるのに」

　彼女は首を振った。

「ううん、違う。逢衣を忘れないためじゃなく、むしろ忘れるために、傷つけてほしいんだ。私が耐えきれなくなって、逢衣を記憶から追い出しているときも、身体には絶えず覚えさせておきたいから。ほら、ここにお願い。腕ならいつでも見える」

　差し出された腕はうっすら静脈が透けて清らかで美しく、この滑《すべ》らかな皮膚に強い力を加えて意図的に傷つけるなんて、考えただけで鳥肌が立った。

「無理だよ、彩夏を傷つけるなんて、できるわけない」

「どんなお願いも聞いてくれないんだね」

　彼女の瞳が再度奥ゆきを無くし、感情をシャットアウトする表情になり、私の不安は募った。

「どうしたの？　大丈夫？」

　チャイムが部屋に鳴り響く。八時ちょうど。時間だ。私は彼女にすがるように身体を密着させた。

「愛してるよ。必ずまた会えるから、それまで頼むから私を忘れないで」

　彩夏は返事をする代わりに私の髪を撫でた。不器用に、慰めるように。

　諦めないで。私はあなたの瞳のなかに棲《す》む。私はずっと其処《そこ》に居る。

「彩夏が頑張ってる間は私も自分の夢を叶《かな》えられるように頑張る。離れてても未来に希望があれば、お互いを支え合えるよ」

彩夏は返事をしない。

チャイムが鳴りやまない。私は彼女の空虚な瞳を覗き込んだまま、指の一つも動かせない。服すら着る気力がわかない。

インターホンの連打が唐突に止むと、しばらくしてドアにカードキーをかざす電子音が聞こえた。

ドアは勢いよく開けられたが、チェーンががちゃりと鈍い音を響かせた。

「開けて下さい！　二人とも、居るんですか！」

米原さんの緊迫した声、厳しい口調。

「おい、逃げたんじゃないか」

男性の険しい声も聞こえる。

「いや、チェーンが内側から掛かってるんですから中に居ますよ！　サイ、早く開けてくれないと本当に困ります、撮影にも間に合わなくなる！　ねえ居ますよね、南里さんも！　返事してください」

こらえきれなくなり、私は目をきつく瞑《つむ》って短い嗚咽をくり返した。流れ落ちた私の涙は彩夏の鎖骨を濡らした。私の嗚咽が聞こえたのか、ドアの向こうの人たちは沈黙した。

荘田彩夏様

こんにちは。身体の調子はどうですか。

ひさしぶりですね。

いきなり手紙を送りつけて、ごめんなさい。

読みたくなければ、お手間ですが、どうぞ深く考えずに私が送ったものすべてをごみ箱に捨ててください。

お仕事での活躍、ずっと見て応援していました。出演作を観たり、インタビュー記事を読んだり、メディアであなたの活動を追いかけることが、私の最上の楽しみであり、誇りであり、同時に苦しみでした。

もう長い年月も経ったし、そろそろ会わせてもらえるだろう、事務所から連絡が来るだろうとじりじりして待ちながらも、やはりまだ無理だろうなという諦めに似た思いも常に持っていました。なぜならあなたの活躍、快進撃はいつまで経っても終わらなかったからです。それは私の目から見てもまさに〝旬〟の時期で、春夏秋冬メディアに出ずっぱりで大きな仕事ばかり任されるようになった荘田彩夏を、事務所が手放すわけはないなと、いくら素人《しろうと》の私でも気が付きました。

あなたと連絡が一切取れなくなったあの日から、私はあなたに一目会いたいとどんなに願っても会う機会が訪れない立場になりました。ファンより悪い立場といってもいいでしょう。あなたが映画の公開初日に舞台挨拶するときやファン交流会などのイベントに参加するとき、行きたくてたまらなくなりましたが、行って事務所の人に見つかり、永久に締め出されるのが恐くてついに一度も行けませんでした。観客席が暗がりに隠れる舞台さえ観に行けず、あなたがシェイクスピア劇を演じる姿を見逃しました。私の望みは統括部長との約束しかなかったから、それを反故《ほご》にしてしまいたくありませんでした。

仕事で偶然にあなたに出くわさないかという妄想も擦り切れるほどしました。雑誌であなたへのインタビュアーを務める機会が巡ってこないか、前のように同じパーティの招待状が届いて、会場で会えたらいいのにとも。街ですれ違う人が、知らない番号で電話をかけてくる人が、何度あなたに思えたことか。のちに米原さんから聞いた話ですが、事務所は私とあなたが再び出くわさないよう、細心の注意を払っていたそうです。事務所があんなにも必死になって私を排除していたのは、私の仕事先がメディアだったせいもあったらしく、部長は私があなたの情報をリークしないか冷や冷やしていたそうです。

自分のことばかり書いてすみません。もう少しだけ続けさせてください。

あなたが紹介してくれた会社では、当初の予想通り、私の能力を遥《はる》かに超えた人たちばかりが周りにいて、その水準に近づくために寝る間も惜しんで仕事を仕上げる必要がありました。学生時代遊んできた分の遅れを取り戻すべく猛烈に努力したものの、自分の事務処理能力の無さや編集能力の低さに呆《あき》れる日々でした。あなたを思いながら仕事を覚えていくうちに、歳月はあっという間に過ぎ去りました。

そんなとき、私生活での苦しみなど一切見せず、私と離れた直後も輝く笑顔で仕事を頑張っているあなたには元気をもらいました。あなたの強さに画面や誌面を通して触れるとき、私は一番励まされました。

あなたの活躍が私にとっては最大の、凜さんへの、また事務所への復讐《ふくしゅう》で、独りが耐えきれないほど辛くなっても、快進撃を続けている姿を見れば、私はまた頑張れました。

とはいっても、やはり、あまりに長い年月が経ちましたね。あの颯《そう》も結婚して、今ではお父さんです。そしてこれは、もう知っているかもしれないけど、琢磨さんももうじき結婚なさるそうですね。あなたと会えないのは本当に辛かったけど、皆が順調にやっているのは何よりだと思っていました。

でも、まさかあなたが病気で倒れてしまうなんて。

入院、活動休止から引退までがあまりに短期間でスムーズだったために、事務所に契約を解除されたのか、あるいは違う事務所に移籍しようとして干されているのを隠すために仮病を使っているのか、と引退後の憶測記事では書かれていましたね。

憶測記事の方が本当で、病気ではなく引退するための嘘だったらいいとどれだけ望んだか。でも病院に通う姿を隠し撮りされて週刊誌に載り、その姿は以前のあなたとは比べ物にならないくらい弱々しいものでした。私はあなたのハードな生活を知っているので、芸能生活のもたらす多大なストレスや、繊細な性格も考え合わせると、無理を重ねた果てに病気を患ったという経緯が理解できました。病気の急性期の症状は治まり、いまは通院しながら自宅で療養しているとの報道も最近見ましたが、心配です。

事務所もさすがに連絡を取るのを許してくれるんじゃないかと思うほどの、長い年月が経ちました。それでもあなたから連絡はなかった。電話番号はもちろん、住む場所も二人で共有していたSNSも知らないパスワードに変わって、私はあなたに連絡を取るすべを少しも見つけられませんでした。

あなたは私の携帯番号もメールアドレスも実家の住所も知っていたはずでした。私の連絡先は変わっていません。常に監視されているわけではないのだし、長い年月の間に私に連絡する時間くらいはあったかなと思います。でも連絡が来なかったのは、つまりそういうことなのかな、といくら鈍い私でも予想はできます。連絡がまるで無いのは、あなたからの私に対する一つの答えであると、認めなければなりません。つまり、率直に、想いを引きずっているのは私の方だけかもしれないと。

頭では分かっていても、あなたの病気の記事を見たときから、私はいてもたってもいられなくなりました。しかし打つ手がなくどうしようか悩んでいるところへ、米原さんから連絡が来ました。事務所を辞めることになりました、昔は強引なやり方でお辛い思いをさせてすみませんでした、といった内容のメールでした。

私がまっさきに知りたいのはもちろんあなたの居場所です。米原さんのメールに記載されていた番号にすぐ連絡すると、彼女は驚いて私の言っていることの意味がなかなか摑めないようでした。ようやく私がまだあなたを待ち続け、いますぐにでも会いたいと思っていることが分かると、彼女は私の手紙をあなたに届けることを約束してくれました。「本当は直接サイの連絡先を教えたいけど、サイはいま実家に帰っていて、彼女のお母さんはあなたとの付き合いに反対だったから、私がサイのお見舞いに行ったときにこっそり渡す方が良い」と提案してくれました。またその後の米原さんとのやり取りによって初めて、事務所が元から私に連絡する気などなかったことを知りました。

七年経った今でも、私はあなたを好きになったこと、微塵《みじん》も後悔していません。付き合い始めた頃は、後悔することが恐くて恐くて仕方なかったのに、今ではあなたと出会えたことが私の人生の至上の喜びです。私は思い出で満足する気はさらさらありません。なぜならあなたも私も生きているから。私の想いもまだまだ生き続けているから。殺そうとしたって殺せない想いです。もしいまあなたが苦境にいるなら、どうか私にその困難を取り除かせて下さい。

今すぐにでも会いたいです。返事をくれませんか。

南里逢衣

私たちは性急に関係を結び、楽園に住み続けることもできたのに、見つかると別々の方向へ逃げた。春めく秋、夏めく冬、季節を飛ばし、輝く鱗粉《りんぷん》をまき散らして羽ばたく蝶《ちょう》は、倍の速さで燃え尽きる。ちょうどろうそくの火を、火傷《やけど》しながらも指でつまんで消すように。

溶け残りの蠟《ろう》が木製のテーブルの傷ついた表面で白く固まる頃には、彼女はもう、静かにドアを開けて立ち去ったあと。

私の気持ちが視《み》えますか、顔の前にかざした手のひらを透かして、私の微笑みが届きますか。

私はあなたに、ついてゆけますか。

新たな経験は編んだ髪の房の末につらなり、来世への期待と共にゆっくりと廃《すた》れて元の水底《みなそこ》へ。

指先でこじ開けられた唇、あけすけな告白、百回目の後悔、分厚い扉は暗闇のなか光を射《さ》して目の前で開き続ける。楽園は背を向けてこそ悠久のときを刻む。

百日紅《さるすべり》のなめらかで曲がった幹、神経質で伸びやかなバイオリンの音《ね》、稲穂の波を掠《かす》める微《かす》かな細い風。あなたが生きている限り、それは、諦められないからこそ美しい夢となり毎晩戻ってくる。


琢磨からの結婚式の招待状が私のもとまで届いたのは、颯が手紙に同封して実家に送ってくれたからだった。

「琢磨が、久しぶりに会いたいんだってさ。逢衣は行く？」

颯からの予想外の連絡に戸惑いながらも、私は「行く」と答えた。

当日、黒のワンピースを着ると、かつて彩夏が使っていたのと同じボディーフレグランスを手首と襟元に吹きかけた。初代からすでに五本目のボトルで、廃番になるのが心配でストックを買えるだけ買ってある。自分で購入して初めて分かったが、それは通常の香水より香りがとても薄く、彩夏のように身体全体にスプレーするのが正解の纏《まと》い方だった。ただ私は自分だけがその香りを感じ取れれば満足なので彼女ほどはつけない。爽やかだけど、どこかほろ苦い、カトレヤの香りが立ちのぼる。

　ジューンブライドの今の時期に似合う海辺からほど近いホテルの結婚式場に着くと、入り口の招待客が名前を記帳する場所で颯と会った。

「久しぶりだな、逢衣！　元気にしてたか？」

　颯は思わずこちらの口元に笑みが浮かんでしまうほど、以前と変わらず元気溌剌《はつらつ》で、結婚したからなのか、それとも子どもを持ったからなのか、十代や二十代の頃の鋭く尖《とが》った雰囲気が丸くなり、大人としての魅力が増していた。やんちゃそうだった笑顔に、頼もしい包容力が加わっている。

「元気、元気！　そっちは訊くまでもなさそうだね、ちょっと幸せ太りしたんじゃない？」

「仕事終わりにビール飲みまくってるからな！　あと二人目が生まれて、そいつの世話が大変なんだよ」

「ええ、いつ!?　おめでとう、男の子と女の子、どっち？」

　一人目が生まれたのは赤ちゃんの写った年賀状を実家にもらったから知っていたが、まさか二人目が生まれているとは知らなかった。

「女。だから俺んとこは一男一女になった。写真見る？」

「見る見る」

颯と可愛い奥さんが満面の笑みで、大きく育った収穫物を自慢するみたいに赤ちゃんをレンズに向かって高く抱え上げていたので、私は携帯のどアップの画像を覗き込んで笑った。

私たちの席は隣同士で、清楚《せいそ》で優しそうな花嫁と登場した琢磨を見ると、ずっと二人と親交があったという颯は、目元を赤くして拍手を送った。最後に琢磨に会ったとき、彩夏と別れた辛さで暗い表情をしていて、その印象が抜けなかったから、現在の彼の非常に幸福そうでかつ落ち着いた雰囲気を見ると、救われた気持ちになった。

二次会のレストランでの立食パーティで私と颯が料理を皿に取りながら話をしているとき、琢磨が私たちのもとへやって来た。

「今日は来てくれてありがとう！　逢衣さん、すごく久しぶりだね。貴重な休みの日に足を運んでくれて、嬉《うれ》しいよ」

「ご結婚おめでとうございます、琢磨さん！　とても素敵な花嫁さんですね」

二人の紹介ＶＴＲで、花嫁は彼が三年前に旅行先で知り合った女性で、スキューバダイビングが大好きな健やか美人だと知った。

「こいつほんとは海に潜るのが恐いくせに、いまでは毎週遥《はるか》さんに合わせて、日本の色んな海にダイビングに行ってるんだぜ」

颯が琢磨の顔を指差してからかうと、琢磨は笑いながらその指を払いのけた。人の好さそうな、甘い爽やかさの残る雰囲気のまま三十四歳になっていた。天然で変わらずにいたというよりも、意識して自分のそういう部分を守ってきたのかもしれない。年を重ねるにつれてまず真っ先にすり減ってゆくそういう部分を保ち続けるにはそれなりの努力が必要なことが、同年代の私にはちょっと分かる。

「そうだ颯、来月の房総の海はお前、奥さんと一緒に来られそうか？　前に伊豆に一緒に行ったときは奥さん楽しんでたみたいで〝またスキューバやりたい！〟って言ってたけど」

「あいつは乗り気だよ、でも俺がやっぱりなぁ、周りに酸素が無いっていうのがな。まぁ俺は子どもの子守でついてくってことで」

「いや颯もちゃんと潜ってくれよ、お前がいないと女性陣がどんどん深くまで潜っていっちゃって、できれば早く浮き上がりたい派の、僕の立つ瀬がないんだよ」

家族ぐるみで付き合いが続いているらしい二人を私は微笑ましい気持ちで見つめた。

「逢衣さんは元気でやってるの？　颯から聞いたけど、出版社に勤めてるとか」

「そうなの、女性誌の編集をしてるよ。今は」

「へえ、すごいな。立派に働いてるんだね。確かに昔よりも断然仕事ができそうなオーラが漂ってるよ。部署に一人いるとすごく心強い感じ」

「うん、人使いが荒そうだ。できの悪い部下とか大声で叱り飛ばしてるんだろ。〝なんで私の言うことが分からないの!?〟とか言って」

「そんなわけないよ、私、会社では優しくて爽やかな南里先輩で通してるから評判良いよ」

「ほんとかな、怪しいぞ」

三人で笑い合ったあと、琢磨が言いにくそうに切り出した。

「逢衣さん、あのさ、つかぬことを訊くけど、彩夏とはまだ連絡取りあってる？」

琢磨からの質問は予期できていた。今日私が招《よ》ばれた理由もここにあるのだろう。たくさんの招待客に囲まれて息つく暇もないくらい忙しい花婿が、わざわざ私たちのいる場所まで来て時間を取っているのも、この質問の答えを聞きたいからだ。

琢磨が彩夏に未練があるから知りたい訳ではないのは、彼の表情を見て分かった。去年の暮れになんの前触れもなく彩夏の突然の引退のニュースが流れて、彼も動揺しているのだろう。颯も気になるのか固唾《かたず》を呑んで私の返事を待っている。

「ううん、私も七年くらい前から彩夏と連絡は取れてないの。つい最近連絡先を知る機会があったから、手紙は送ってみたんだけどね」

「返事は？」

「無い」

私は無理やり笑顔を作って場が暗くならないよう努めたが、気落ちしていることは隠せなかった。

「そうなんだ。テレビでは彩夏は線維筋痛症だと伝えていたね」

琢磨が静かな口調で話し始めた。

「馴染《なじ》みのない病名だったから調べてみたんだけど、なんの原因もないのに身体じゅうのあらゆる部位が痛む凄絶な病気らしいね。心因性のものって言われてるけど……。彩夏、大丈夫なのかな」

「俺も調べた。外傷とかなんもないのに、血管をガラス片が通るように痛くなるって書いてあった。早く治るといいな」

颯の言葉に頷《うなず》きながらも、結婚式の二次会に相応《ふさわ》しくない表情になってはいけないと、気持ちを立て直そうとした。

「彩夏からもし連絡があったら二人にも伝えるよ！」

「ありがとう。待ってるよ」

「俺さあ、今でも時々四人でレストランに集まった日のことを思い出すんだよ」

颯の言葉に私は身をすくめ、あのときはすみませんでしたと小さく呟《つぶや》いた。

「いや、今では良い思い出だよ。なんでもう別れるのが決定してるのに最後に集まるんだっていう。間違いなく俺にも琢磨にも未練があったからだよな、ふられたのに情けない。あのあと二人で飲みながら反省したんだよ、俺たち大人げなかったよなぁって」

琢磨は颯と共に笑い、きわどい話に私は素早く視線を動かし、花嫁の姿を確かめたが、幸い彼女は会場の全然違う場所で、彼女の友人たちとしゃべっていた。

「あのときの僕たちは、それぞれが自分の置かれたポジションが一体どういうものなのかよく分からなくて、理解するために必死だったよね。気まずくなるのは分かりきってたのに、全員が逃げずに出席したっていうのも、今思えば笑えるし」

「だよな。俺、いまでも白いクロスのかかったテーブルを囲んで話した皆の表情をよく覚えてるよ。あんなおかしい状況だったのに、全員すごく真剣だった。あれって俺の青春のハイライトだったな、って今になって思うんだ」

「おおげさだよ」

私は否定したが、

「僕にとってもそうだったよ」

琢磨が柔らかな声音で同意した。

他の招待客に呼ばれて琢磨が去り、二人きりになったところで颯が呟いた。

「余計なお世話かもしれないけど、逢衣が彩夏さんと別れてて、ほっとしたよ。彩夏さんは魅力的な分、周りを振り回す子だったからな。逢衣に何か災難が降りかかってるんじゃないかと気にしてたんだ。お前ならもっと良い相手が見つかる。絶対」

会ってはいないけどまだ別れたつもりもない、と訂正する勇気がない私は、肯定も否定もできず、ただ頷いて笑うしかなかった。純粋に私の幸せを願ってくれている元恋人を驚かせるくらいなら、言わないでおいた方がいい。

私だけが青春のハイライトの中に一人、いつまでもとどまっていることは。

心は言葉を超えていく。愛は関係性を超えていく。彩夏と付き合うなかで実感した経験は、今も私の身体のなかで生きている。

いまでも時々夢に見る。

夢の中での彩夏と私は、いつも完璧に幼く、愛し合いながらも不安を抱えている。私は尽きることなく何度も彩夏と夢で逢《あ》いながらも、これは過去だと気づいていて、せっかくだからもっと彼女との時間を楽しまないと、と焦っている。切なさを胸いっぱいに感じながらも、懐かしみながら微笑ましく思っている、複雑な夢だ。

思い出は美化されるという。彩夏との思い出は確かに今では途方もなく美化されている部分も多くあるだろう。それ以上に、忘れてしまった部分も。二人で過ごした記憶は、脳の芯にも身体のあちこちにも刻み込まれているが、やはり時間と共に彼方《かなた》に消え去りゆくのは止めようもない。

もし私が彩夏の立場だったら、手紙を受け取ればすぐ連絡を取ろうとするだろう。手紙には現在の私の電話番号もメールアドレスも住所も、改めてすべて書き連ねた。返事がないのはつまりそういうことだ、と納得しようとするが、それを認めてしまったら私は完全に一人になる。

私たちが会えなくなってからもメディアに流れる彩夏の笑顔に悲しみと憔悴の痕跡は見当たらず、私は彼女の表情にまず翳《かげ》を探した自分自身に嫌気がさした。私たちが離れる前も離れた後も彼女にはなんの変化も見当たらなかった。相変わらず仕事を精力的にこなし、朝も昼も夕も人に囲まれた生活をして、そのほとんどがリアルタイムの記事で伝えられた。たちまち私の携帯の画像フォルダは保存した彼女の画像でいっぱいになった。本物の笑顔は少なかったが、時々心から笑っている表情があって、そういった写真が一番私の胸を軋《きし》ませた。私がいなくても、こんな顔で笑えるんだ。

私と彩夏の記事は週刊誌の発売直後こそ他のメディアにも取り上げられていたようだが、突拍子も無さすぎて関心を惹《ひ》かなかったのか、それとも事務所の尽力のおかげかは分からないが、それほど話題にもならず、今ではすっかり忘れ去られていた。

凜はと言えば、私たちのことを散々引《ひ》っ掻《か》き回したくせに、結婚して早々に引退していた。一体彼女が何を考えていたのか、七年経った今でもよく分からない。

活動を休止する前に何か予兆があったかどうか、改めて休止直前に発行された雑誌に載っていた彩夏のインタビュー記事を読み直した。

――以前あなたは自分の容姿について訊かれたとき「前髪から下すべてが気に入っている」と答えましたが、ではなぜ前髪は気に入らないのですか？

インタビュアーの質問に私は思わず吹き出した。これはこの記事が出る少し前の彩夏の発言を踏まえた質問内容で、バラエティ番組に出演した彼女は司会者から「自分のルックスで一つだけ直したいところがあるとしたらどこ？」と訊かれて「私は自分の前髪から下全部が気に入ってるから、直したいところは無いです」と答えて、結構物議を醸《かも》したのだった。ナルシストとか調子に乗るなとか、そこまで言い切れるほど美人じゃないくせになど、バッシングもあったが、彩夏の素が出たこの発言が、私はおもしろくて気に入っていた。

『前髪も気に入ってますよ（笑）。あのときはああいう言い方をしただけで』

――つまり全身パーフェクトというわけですね！　うらやましい！

『自分にとってはね。そう思うことって大事じゃないですか。自信に繋がる』

――その自信に嫉妬する人もいるかと思いますが？

『嫉妬されるのは嫌じゃないですね。私もするし。されるぐらいの方が燃えます』

――今までのお仕事のなかではたくさん失敗してきたと、さっきお話にありましたが、失敗して後悔はありますか？　また、再び同じ失敗をしてしまったらどうしようと恐くなることはありますか？

『失敗も後悔も恐くないです。結果がどうなっても挑戦することの方が大切だし。でも私はあんまり後悔はしませんね。私の選んだ道が、私の進むべき道だから』

このインタビューの直後に彼女は体調を崩し、入っていた仕事もすべて投げだしたまま表舞台を去る。何があったのか私には全然分からない。


職場での私は中途採用で、仕事を覚えるのも遅かったが、もし彩夏と会えるようになっても彼女のお荷物になりたくない、ここを辞めたら次を探すのは難しいという思いから、手間のかかる雑用を一生懸命こなした。がむしゃらに奮闘しているうちに、雑誌の読者ページや商品のキャプションなど短い文章を任される仕事も増えてきて、雑用だけでなく書き仕事も多くなっていった。

ちょうどその頃、編集部に辞める社員がいたため、契約社員から正社員へと雇用形態がランクアップした。終身雇用の道が開けたと喜んだのも束《つか》の間《ま》、以前の仕事に加えて新しい仕事も請け負うことになり、終電が過ぎても帰れない日々が続いた。

しかし雑誌編集の仕事はやりがいがあり、苦にならなかった。記事の企画を立て、カメラマン、モデル、その他、雑誌に携わる人たちすべての意向を調整し、まとめて誌面を作らなければいけない。何を訊かれてもすぐ説明できるように、相手の意向をすぐ汲《く》み取れるように、全体を俯瞰《ふかん》しつつも細部を見逃さないように、と気を配りながら日々忙しく働いていたら、以前の自分とは比べ物にならないほど、はきはきとしゃべれるようになり、忍耐力も身に付いた。もう店頭で接客をすることはないだろうが、また長津《ながつ》様のようなクレーマーが現れても、現在の自分なら自力で撃退できるだろう。

扱いが難しい事務所が絡む案件や、作品の売り出し方などに注文の多いアーティストの担当も任されるようになったが、私はすべて引き受けた。彼らの頑《かたくな》な態度の多くには理由があり、その大部分は何かに対する不安で、不安に伝染せず大らかな雰囲気を保ち続けると、相手の刺々《とげとげ》しさは引っ込み、こちらの話も聞いてくれるようになった。彼らと向き合っているようで実は向き合っていない私は、彼らが打ち明ける不満や時に私に向けてくる辛辣な悪意をいくらでも許せたし、理解しているふりさえできた。相手に好印象を持ってもらう方法も、常に模索していた。褒めるのは相手に自分の好意を示す一番の方法だけど、安易すぎて警戒心を持たれることもあるので控え、相手の役に立てる機会を常に窺《うかが》っている。必ずそういう場面はやってくるので、さりげなく手を貸す、できる範囲で助ける。

私は洗練とは程遠い人間だ。欠落は埋めようとすればするほど不自然に目立つから、あえてそのまま残しておく。気泡がたくさん入り込んで、表面が歪《ゆが》み波打った昔の窓ガラスのように。

彩夏とのことがあってから、私は辛抱強くなった。ある日突然会えなくなるときが来るかもしれないから、人との出会いは大事にしたい。

目上の人だけでなく、誰に接するときでも、自分は手を拭くために何枚でも引き出せるペーパータオルのような存在だと考えた。すると不思議と誰とも揉めなかった。誰もが舐められたくないとプライドを持って生きているなか、彼らが心をガードするためにどれだけ厳しい言葉で私を牽制《けんせい》したとしても、私がペーパータオルだと気づけば心を開いて柔和になる。本当の自分を知ってもらうのは、それからでも遅くない。

大概の人間は他人をいじめたいサディストではなく、ただ自分の面子を守るために軽いジャブをかましてくる人たちで、彼らがたとえ何かミスした私を笑ったとしても、それは緊張している自分を解きほぐすためであり、自分より下の人間を見つけて嘲りたいわけではない。私が一度それを吸い込んで否定せず、穏やかに語りかけると、本当に繊細で思いやりの深い内面を初めて見せてくれるのだった。

相手が手についた多くの泥をこの顔で拭いたとき、私はそれを拭い落とすのに時間がかかったが、どうせ一ヶ月後にはこの胸の痛みなど覚えていないだろうと信じることで乗り切った。反省をするのが苦手で彩夏以外のことに執念深くなれない自分の性格を生かして、対人関係のストレスを溜《た》めないよう心掛けた。摩擦を忘れ、他人の評価も気にせず、体調管理を心がけて毎日出社していれば、日常生活においてもほとんどストレスを感じずに暮らすことができた。

周囲が敏感なときは、私は鈍感に。周囲が鈍感なときは、私は敏感に。共感能力は残しながらも、周りに染まりきらず、大勢のなかに埋もれず、さりげなく頭角を現す。

そうして人と接していくうちに、私は誰か特別に仲好くなりたい人もいなければ、顔を見るだけで嫌になるほど苦手な人もいなくなった。初対面の時点でこの人は好き、この人は嫌いなどと心のなかで決めていた二十代の頃からは考えられない。賞賛も幻滅も叱咤《しった》も単なる一時的な現象で、大した影響は受けない。

『逢衣って底が堅いよね。元が明るくて、気持ちの底が頑丈にできてる』

いつか彩夏がぽつりと言ったことがあった。

『私の底はひび割れてる。だから本当は暗いけど、あえて日常生活に刺激を絶やさないようにして、テンション上げて、ちょっとずつ漏れでちゃう水を補充してるの。その必要がないって、かっこいいよ』

彼女の言葉を聞いていたときはどういう意味か分からなかったけど、今、私は彼女の言う自分の底の堅さがようやく分かってきた。蓋は簡単に開いても、底は絶対に割らせない強さが、この社会では必要だ。

羽場《はば》さんと河野《こうの》さんから定例の飲み会のお誘いメールが来て、仕事が終わると私はいつもの居酒屋へ足を向けた。カメラマンの羽場さんとヘアメイクの河野さんとは女性誌の撮影の現場で知り合った。待ち時間に雑談しているうちになんとなく気が合い、仕事終わりに三人で集まってよく飲むようになった。羽場さんと河野さんはもともと知り合いで、そこに私が新しく加わった形だ。私が正社員になってからも二人は「次からは南里がおごれ」と冷やかしつつも、以前と変わらず誘ってくれる。

初めのうちは様々な店を渡り歩いたが、どて煮がないと始まらない、おかみさんに〝健康に気をつけなさいよ〟とか時々叱られたい、シメの麺類が豊富だと嬉しい、ホッピーって書いてある貼り紙やビールを持った水着の女の人のポスターが貼ってあるような一昔前の雰囲気が良い、などと各々がわがままな注文を出してようやく見つけた有楽《ゆうらく》町《ちょう》駅にほど近い居酒屋が定番になった。店はいつも盛況で活気があり、ビニールカーテンに覆われた一階の立ち飲みスペースには入り切れないほど人が溢れている。

羽場さんはいつも誰よりも早く酔っぱらうが、それはアルコールの巡りが速いというより、酒を飲んでいる雰囲気にすぐ酔うことができる、という特技によるものだ。

「南里は若いくせに真面目すぎるんだよ、仕事ばっかりして、金は使わずに全部貯め込んでさぁ」

「私は羽場さんみたいに多趣味じゃないから。それに、もうそんな若いって年じゃないですよ」

「そうかぁ？　俺にとっては南里はいつまでも若い青二才のぺーぺーちゃんだよ」

このメンバーで飲むと私は未《いま》だに末っ子扱いだ。

「南里は今でこそこんなだけどね、昔はすっごい派手なギャルだったんだから」

ビールから日本酒に切り替えた河野さんが口を挟む。

「この子がまだヒューマン班に居たとき、雑誌の特集を組むにあたって成人式の写真をとにかくいっぱい参考にしたくて皆に自分の写真持ってきてもらったんだけど、南里は花魁《おいらん》の格好してたのよ！」

「あれ花魁じゃないですから。若干《じゃっかん》派手な振袖です。無事二十歳になれたら友達と着る約束してて」

真奈実《まなみ》とピースして写っているあの写真、周りにはもっと派手なのがたくさん居たから、あれぐらい普通だと当時は思っていた。

「若干じゃないよ、スパンコールみたいのが縫いつけてあったじゃん、色も極彩色で錦《にしき》鯉《ごい》みたいだったし、髪の毛は盛ってるし、あの写真のせいで編集部が騒然となったんだよ」

「確かに、全然参考にならないって、みんな言ってましたね」

「へえ、見てみたいな！　今度持ってきてくれよ。なんだ、南里も昔はもっとはじけてたのか」

もう十分飲んだのにさらに私たちは羽場さん行きつけのスナックへ移動した。何度か行っているが昔懐かしい飲み屋の雰囲気で、客層は五十代より上に見える人たちが多い。テーブルを囲むと、ホステスと呼ぶのか、チーママと呼ぶのか、そんな感じの女性が一人、おしぼりを渡してくれたり、話を盛り上げてくれたりする。カウンター席の他にはテーブル席が三つほどのこぢんまりした店で、七夕の今日は笹《ささ》の葉が窓辺に飾ってある。

河野さんと羽場さんの、仕事先の無茶な要求に対する愚痴を頷きながら聞いていると、羽場さんが私をこづいた。

「なに分かったようなふりして聞いてるんだよ。南里はもう正社員になったんだから、フリーの辛さなんか分からないだろ」

「そんなことないですよ。私なんて、人が辞めたときに、たまたま居ただけの人間ですから」

「いや、南里は正社員になるべくしてなった子だよ。何度か現場で一緒になるうちによく分かった、この人の仕事にかける熱量半端ないから。同じ時期に中途採用された他の子たちと初めから熱意が全然違った」

褒め上手な河野さんの言葉に私は照れつつも誇らしかった。三人の同期のうち、今も会社に残っているのは確かに私だけだが、それは彼女たちよりも私の方が仕事を辞められない理由があったからだ。いま思えば確かに会社に入ってからの数年間は大変だった。

彩夏とのことでダメージを受けつつも、朝は無理やり起きて会社へ行き、各方面から怒りやクレームを浴びながら、スケジュールのタイトな仕事をこなすために一歩社外に出たら、走って移動していた。

何時間もパソコンに向き合い、集めたデータの処理を続ける日もあれば、一日中ひたすら物撮《ブツど》りで靴や鞄《かばん》を並べている日もあった。でも自分の置かれている状況がどうなのか、客観的に見る暇さえなかったのが、ある意味良かったのかもしれない。家に帰っても疲れ果てて眠るだけの日々が続き、時間はあっという間に過ぎ去った。

「なんか武満《たけみつ》さんって、無駄なとこで手強くない？　そここだわる？　みたいなとこで口出ししてきたり、どうでもいい箇所で警戒心強めてきたりさ」

河野さんのクライアントへの愚痴を聞き、羽場さんが頷く。

「分かるよ。肝心なとこ詰めるの下手なくせに、細部ばっかりこだわってるよな」

「本当にそう！　あの人全然分かってない」

良い感じに出来上がった羽場さんがふらふらと立ち上がり、カウンターまで行って、店の人にカラオケのリクエストを入れた。

イントロが流れてきて、私はいじけた顔になった。

「羽場さん、またこの曲入れたんですか。やめてって言ってるのに」

「この曲歌うといつも俺の歌声に感動して、南里が泣いてくれるからな」

「羽場さんの歌に感動してるわけじゃありませんよ」

一度偶然に羽場さんがこの曲を入れたとき、すでにだいぶお酒を飲んでいた私は涙を抑えきれず、おしぼりを顔に当て号泣してしまった。以来、私の弱点を知られてしまった。羽場さんが酔っぱらった気持ちよさそうな朗々とした声で歌いだす。


何から伝えればいいのか分からないまま時は流れて……


電話をかけてきた米原さんは申し訳なさそうに切り出した。

「サイには間違いなく南里さんからの手紙を手渡したんですが、返事を書いてないみたいですね。この前またお見舞いに行ったときにさりげなく訊いてみたんですが、ただ首を横に振るだけで、何も言いませんでした」

全身の力が抜ける心地がした。

「そうですか。そんなものですか。他に何か言ってませんでしたか」

「南里さんにお見舞いに来てもらおうかと私が訊いたら、サイは口もきかなくなって、私が帰る間際に一言〝逢衣は絶対に呼ばないで〟と言いました」

目の前が暗くなる。彩夏が心変わりしている可能性なんて当然予想できたのに、こんなにショックとは。

「南里さん、サイはこわいんだと思います。あなたたちが付き合っていた頃と今では、あらゆる状況が変わりすぎました。サイはもしかしたらあなたとの思い出を大切に守って、もう更新はしたくないのかもしれません。あなたと別れてからのサイは、仕事の演技以外ではちっとも笑わずに、ひたすらやって来る依頼を受けていました。ご飯も全然食べなかったり、かと思えば過食して吐いたり。精神も身体も不安定なのに、仕事は完璧にこなしていてさすがでした。

だからサイが倒れたとき、私は悲しいけどあんまり驚かなかったんです。事務所の入れる仕事量が多すぎたなら、上に抗議することもできましたが、彼女は自分で自分を追い込んでいたので、途中で止めるのも難しくて……。でも無理にでも休ませれば良かったと、今では後悔しています。

私にとってもサイとの時間は本当にがむしゃらに前だけを見て突っ走ってきた年月でした。無理が祟《たた》って、私もいま軽い鬱状態で病院通いをしています。でも正直あれほど充実感のあった毎日は、長年続けてきたマネージャー人生においても初めてです。どこに行っても大人気で、サイも最高のパフォーマンスを見せていたし、来る仕事もどんどん大きくなって。サイも辛いだけではなく、強烈に満たされた瞬間もたくさんあったと思います」

「米原さんまで体調を悪くされているとは思っていませんでした。とても大変だったご様子ですね」

「でもサイの背負っていたプレッシャーと疲労に比べたら、私など大したことありません。私たちはサイが倒れたあとも当然彼女を守っていくつもりでいたし、契約解除なども考えもせず、いくら時間がかかっても完治すれば、また仕事を入れるつもりでいました。でもサイから突然活動を休止したいと申し出があったあと、一時、私たちは彼女とほとんどまったくと言っていいほど連絡がとれなくなったんです。彼女は社長の見舞いも拒否して、芸能関係の知り合いに頼んで、私たちに相談なく、自分一人の判断でメディアへの引退報告も済ませてしまいました。サイが頑なので、ただでさえ病気の彼女にこれ以上心労はかけたくないと思い、私たちは彼女の離籍を了承しましたが、サイさえやる気になれば、私たちはいつでも彼女を事務所の所属に戻すつもりでいます。

　あなたと無理やり別れさせたあと、サイは仕事は一生懸命頑張っていましたが、一度できた私たちとの距離は、時間が経っても埋まりませんでした。それが影響して今の状況に至ったのは明白で、私は彼女の病気に関しても負い目を感じてます。私は結局マネージャーとして、最後まで彼女を支えてあげることはできなかった」

　電話の向こうから聞こえる米原さんの嗚咽に私は耐えきれなくなった。私と彩夏が恋人同士だと知ったときの、彼女の傷ついた瞳を思い出した。米原さんにもまた、試練の日々だったのだ。

「そんな風に言わないで下さい。きっとあなたが居たからこそ、彩夏は七年の年月を第一線で走りきることができたんだと思います」

「ありがとうございます。南里さんにそう言っていただけると私、報われます。サイはうちの事務所でそれこそ何十年ぶりと言っていいくらい、ブレイクした存在になりました。海外でも熱烈な歓迎を受けていました。でもあんなことになって……移り変わりの速い業界なのは十分理解していたつもりでしたが、彼女のやっていた仕事を、なんの支障もなくスムーズに他の子が受け継いでいるのを見ていると、世の無常を感じます。こんな風に悲観的になるなんて私もまだ疲れが抜けてないんでしょう。サイのお見舞いにはもっとしょっちゅう行きたいのですが、彼女を見ると激烈に楽しかったことも心が千切れそうなほど悲しかったことも全部フラッシュバックして、体調が悪化してしまうので、当初に比べるとあまり行けなくなってしまって」

「米原さん、七年前、私と彩夏が鍵を部屋の中に置いてきて締め出されたことがありましたよね。あのとき、すぐに合鍵を持ってきて下さった。私たちすごく助かりました。米原さんにはお世話になってばかりです」

「そんな昔のことを覚えていて下さるなんて、嬉しいです。南里さんは私どもの無茶な要求にも応えて下さったし、今でもサイのことを気にかけて下さるし、本当にお優しいんですね」

気にかけてるどころの話じゃない。あんたたちからの連絡を、ずっと待ってたんだよ。

米原さんに頼み込めば、彩夏の実家の住所を教えてくれそうな雰囲気があった。しかし、〝逢衣は絶対に呼ばないで〟。私と彼女の間に架かっていると思っていた信頼の橋は、実は幻だったことが決定的になった。私は夢の中を生きていたのだ。重要な心の支えの一つだった橋が壊れ去った今、私の魂は行く当てを失い彷徨《ほうこう》し始めた。

ふっと目が覚めて窓の外が暗いのを確認し、まだ寝ていても大丈夫だと目を閉じ直したのに、まどろみが深い眠りに変わる直前に彩夏とのことを思い出して寝ていられなくなった。

ちょっと受け止められないほど悲しい気分で起き上がると、夜明けで部屋のなかは薄紫色に染まり、つけっぱなしで寝てしまったエアコンのせいで、一人きりのベッドは冷蔵庫かと思うくらい冷たい。

部屋の電気を点《つ》けて人工的な明かりの下にさらけ出されるのも疲れる。でもこのまま夜明けの果ての暗い部屋でじっと目を開け続けていれば冷たい蒼《あお》に染まってしまいそうで、私は、ベッドテーブルに置いていたフラミンゴのランプのプラグを差込口に差した。

インテリアにあまり興味がなかった彩夏が唯一買ってきたのが、このフラミンゴの形をしたネオンランプだった。私はタワーマンションを追い出される最後のときに、盗むようにしてフラミンゴをタオルでくるみバッグの中へ入れて持ち帰ったのだった。

スイッチをオンにすると、身体はピンクで嘴《くちばし》は青いフラミンゴが、八〇年代を思わせるどこか懐かしいネオンカラーで光り、照らされた部屋の一隅を見て私の心は少し慰められた。このランプはかつて寝室のベッドのヘッドボードに置いてあり、私と彩夏はこのピンクフラミンゴの下で何度も抱き合った。この明かりは私にとって特別で、たぶん彩夏にとってもまた特別なお気に入りのはずだった。

レモンチューハイを缶から直《じか》に飲みながらテレビを点けると、偶然画面に彩夏がアップで映っていた。私は自分でも自分を哀れに感じるくらい動揺してしまった。それは、彩夏が私にダンスの練習を一緒にしてほしいと頼んだあのドラマの再放送だった。最初に放映されたとき、私はドラマを録画して、彩夏の出ないシーンを早送りしながら観たが、彼女が誰かと踊るシーンは全編を通して一度もなく、台本が変更されたのか、カットされたのかなと思い、がっかりしたのだった。

チャンネルを変えずにいたら、テレビから懐かしいメロディが流れてきた。タワーマンションで彩夏と踊りながら聴いたあのメロディ。画面では彩夏ではなく、違う出演者の男女が踊っている。早送りにしていたから気づかなかったけど、このシーンはちゃんとドラマのなかに存在したのだ。エンドロールで曲のクレジットが載っていたからネットで調べたら、曲名の『perfidia』は、〝裏切り〟という意味のスペイン語だった。楽園の甘ったるさを含みながらどこか物悲しさを漂わせるあの曲の雰囲気に合わない鋭さの曲名だ。色んなヴァージョンがありまったく同じものを探すのに苦労したが、ようやく見つけ出すと、動画サイトで何度も再生した。改めて聴けば、思っていたよりもずっと短い曲だった。なぜ音楽というのは聴いているときのシチュエーションによって自在に伸び縮みするのだろう。

彩夏はうつぶせになった裸体の隅々を撫でられたりくすぐられたりするのが好きだった。最上階だから人目を気にしなくて大丈夫と、真っ昼間、窓際に敷いたリネンの上に裸の彼女が横たわると、柔らかい彼女の身体の輪郭が細部まで光で彩られた。首や肩、背中、金色の薄い産毛が光っている部分をなぞると、彼女はくすぐったそうに少し身をよじらせながらも喜び、ただ私の手が尾骨を通りすぎ尻にさしかかると、お尻を撫で上げられるのはぞわぞわする、優しければ優しいほど鳥肌が立つと漏らした。だから五本の指を大きく開き、すべての指に力を込めて、片尻の頬を鷲摑《わしづか》みにした。盛り上がっている尻の肉を、なま白い肌に朱の指跡が残るくらい、値踏みするようにざっくりと、徐々に深く摑んだ。彼女は低く呻いて、逢衣は本当によく分かってると囁いた。

ばかな思い出だ。でも詳細に思い出すと涙が溢れて止まらなくなり、テレビの画面が見えない。

彼女の横顔には人の魂を射貫《いぬ》く鋭さがあった。どれほど年月が経っても琥珀《こはく》のなかに閉じ込められた小さな昆虫のように、記憶に残り続ける美だ。欲望のまま彼女と暮らせたらどれだけ幸せだっただろう。

明け方のテレビに映る彼女を眺めながらそんなことを考えていると、心が果ての果てまで荒《すさ》んで、誰かに抱いてほしくてたまらなくなった。私の力などまったく及ばない、恐るべき腕力の男性に組み敷かれて、なにも考えられなくなるくらい激しく抱かれたい。

こんなときは、どうやって眠りにつけばいいの？

フラミンゴのランプを壁に叩きつけると、乾いた音が鳴って粉々に砕け散った。後始末もせずに座りこみ、床の一点を見つめながら、ゆっくり過ぎてゆく午前四時の静けさに身を浸す。

次の日もお酒を飲みたかった私は、仕事帰りにホテルのバーを訪れた。そんな場に来慣れていない私はとりあえずカウンターに座ったものの、頼むお酒の種類も分からないまま、携帯を見ようが仕事をしようが自由に過ごせるカフェとまったく違う雰囲気に戸惑っていた。私が背伸びしていることを周りの人たち皆が分かっているような気がして、自意識過剰になる。注文を訊かれてとりあえず彩夏が前に頼んでいたスプモーニを頼むと、赤と橙《だいだい》の混じった綺麗な色のカクテルをバーテンダーが提供してくれた。カンパリの薬っぽい味と橙色に近い赤の少しにごった色味が、子どもの頃風邪になると飲まされたシロップを思い出させた。目盛りの書かれた透明のプラスチック容器に入っていたあのおくすりを、私は美味《おい》しいとまでは思わなかったけど嫌いではなかった。

ナンパの声でもかかったら、焦ったかもしれないが格好はつくのに、バーテンダーが酒の注文など必要なときに話しかける以外は私はバーのカウンターの隅にひとりぼっちだ。何をするでもなく後ろのソファ席に座っている中年男性二人の会話を聞いていた。どちらも穏やかなトーンで話していて耳に快い。男性の低いゆっくりした声には自然と目を閉じたくなるような、独特の鎮静作用がある。誰でもいいから耳元で、もう大丈夫だよと囁いてほしい。

帰っても何もないし、一時間半くらいかけて三杯目のスプモーニを飲みながらつまみのピーナッツやおかきを口に運んでいると、バーテンダーが近づいてきて話しかけてくれた。

「今夜はお待ち合わせですか」

「いえ、一人です。長居してすみません」

バーに来る人の行動がよく分からなかった私は、酔っぱらった頭でまず謝った。

「まさか、まさか。ゆっくりしてらして下さいね」

「バーというものにあまり来たことがなくて、不慣れなんです。居心地は良いんですが、一人でいるとお酒を飲む以外、何をしたら良いか分かりませんね」

「お友達と来られても楽しいですよ」

「はい、今度はそうします」

「もちろん恋人がいらっしゃったら、その方とご一緒に」

「恋人はいるんですけど会えないんです。会えるようになったらすぐにでも連れて来るんだけど」

もう別れた恋人をまだ恋人だと他人に話している哀れな女。情けなさすぎる自らの状況に、まだ馴染めない。思わず俯《うつむ》いてしまった私に、バーテンダーが優しく尋ねた。

「どんな方なのかお伺いしてもよろしいですか」

「夏を彩る台風」

余韻。いまの私の生活は、すべてあなたの余韻。リアルタイムで経験する出来事がすべてあなたとの過去に繋がって共鳴する。あなたを通してしか私は物事に関心が持てないし、感動できない。映画を観ても満員電車のなかでも仕事で怒られているときでも、脳裡にはあなたの顔が浮かんで、この映画を観たらどんな感想を言うだろうか、ぎゅうぎゅう詰めの電車内にどれだけ耐えられるだろうか、クライアントにやたら頭を下げている私を見たらなんて言うだろうか、そんなことばかり考えている。妄想に頭を浸している間に現実が終わり、一波乗りきった私は再び次の現実に立ち向かうため、あなたの弾《たま》を脳内に装填する。

見舞いまで拒否されて行き詰まったまま、私はひたすら平日は出社して土曜日は身体を鍛え、日曜日は身体を休めた。彩夏と出会うまで、また出会ってからも自分の外見磨きに勤《いそ》しむタイプではなかったが、彩夏と離れてからは、いつ彼女に会っても恥ずかしくないよう、仕事しながらできる最大限の努力で美容やボディーメイキングに力を入れていた。身体を鍛えることによって、精神的な痛みを腹筋で耐える技を覚えた。何か言われてもお腹《なか》で持ちこたえれば心にまで届かなかった。

願掛けのようなジム通いは五年ほど続いている。ランニングマシーンで身体を限界まで追い込んで頭が真っ白になる瞬間が好きだ。いつもと同じように走っているときに、米原さんの話に出てきた過剰なほど仕事を入れて自分を追い込んでいる彩夏を思い出した。彼女も同じような方法で何も考えないようにしていたのかもしれない。

ジムを終えると私はエレベーターのない自分のアパートに帰った。学生が住むような築四十年のこのアパートの三階を借りているのは、できる限り節約しながら会社に近い場所に住みたかったからだ。私にはお金を貯めて彩夏との将来に備えることが一番の目標だった。

一人で考えあぐねても気が沈むだけだったので、気分転換も兼ねて、週末に実家へ帰った。真奈実にも連絡してみると予定が空いているとのことだったので、彼女も実家に招んだ。

キッチンで夕食の準備をしている母に、真奈実が話しかける。

「いつかおばさんが作ってくれた肉じゃがコロッケが美味しくて、私、自分の家でいまでもよく作ってるんですよ。うちの子どもたちの大好物です」

「残り物使うだけのあんなメニューを真似してくれたなんて、嬉しいわ。うちでもまだしょっちゅう作ってるのよ」

彼女たちの会話を聞いていると私もリラックスして、座っていたソファから動きたくなくなるほど脱力し、あれ食べたい、これ飲みたいと母に甘え、どれだけ年を取っても気持ちが子どもの頃に戻る実家マジックを堪能《たんのう》した。

「真奈実ちゃんは早くから家庭を持って立派だったね。逢衣にもなにかアドバイスしてやってよ、この子ったらもうすぐ三十三になるのに、ここ何年か恋人どころかまったく浮いた話もないんだよ。このままだと行き遅れるって私は気を揉んでるのにこの子はまったく焦らなくって」

「私ぐらいの年でまだ結婚してない子なんかごろごろいるよ。うちの部署では今女性の数の方が多いけど、結婚してるのは一人だけ」

「あんたの職場環境ではそうかもしれないけど、こっちの感覚では三十三にもなるのに結婚の予定がないのは、かなり深刻な状態だよ。いくら女性の社会進出だの晩婚化だの言っても、人間の身体が老いていくスピードは昔からずっと変わってないんだよ。早く結婚しないと子どもが作れなくなるよ！」

「母さん、いまどきそんな頭の固い説教を娘にして結婚を急《せ》かす母親なんて化石みたいな存在だよ」

「私だってよそさまの娘さんには絶対こんなこと言わないわよ。でもあんたみたいな子にははっきり言わないと伝わらないから、親として言ってあげてるの。働くのなんて結婚して子どもを作ってからでも十分できるじゃないの。人生の優先事項はちゃんと頭に入れとかなきゃダメだよ」

はーい、と答えながらも私は、母が考えている以上にこの問題を解決しにくい自分の現状に、身動きが取れないでいた。おどけて肩をすくめる私を、何か言いたそうに真奈実はじっと見ている。

褒められたことに気を良くした母が作ってくれた肉じゃがコロッケを夕飯に食べたあと、私と真奈実は缶ビールと日本酒とつまみを持って、かつての私の部屋がある二階に上がった。明日も子どものクラブ活動があり弁当を作らなければいけないので、泊まることはできないと言う真奈実に、どうせ家も近いんだからぎりぎりまでうちで飲もうよと誘ったら、喜んでOKしてくれた。つい数年前までは休日でも、子どもの寝かしつけがあるため夕方には必ず帰っていた真奈実が、こんな風に一緒に飲めるようになったのはありがたかった。彼女が見せてくれた家族の写真では、三人の子はすっかりお兄ちゃんとお姉ちゃんになって、ディズニーランドのお城を背に元気いっぱいのピースをカメラに向けていた。日常生活のどんな瞬間より、この子たちの成長に接するときが一番時の流れを感じる。

「良い感じで酔いがまわってきた！　今日は嫌なこと全部忘れて飲むぞー！」

「嫌なことって、さっきおばさんに結婚急かされたのが効いてんの？」

速いピッチで酒を飲む私を眺めながら、真奈実がおかしそうに訊いた。

「確かにあれは痛いとこ突いてきたよ。でも母さんが考えているように、仕事に夢中だから結婚できないわけじゃないからね私」

私は酔っぱらっているふりをしていたが、本当はまったく酔っていなかった。肉じゃがコロッケを食べながら飲んでいた二缶のビールも、いまコップに注いで飲んでいる結構な量の日本酒も私の意識を少しも混濁させてはくれなかった。ただ酔った体《てい》で長年親友に黙っていた秘密を吐露したい気持ちだけが私を動かしていた。

「忘れたいことは別にある」

「そうなの？」

「私さあ、荘田彩夏と付き合ってて、七年前にスキャンダルになるからって事務所に別れさせられて、それから一度も会ってないのに、まだあの人のこと好きなんだ」

口に出すと非現実的な響きすぎて、私が一人で妄想しているみたいだ。でも私が予想していたようには真奈実は驚かず、気まずそうな複雑な表情で頷いた。

「うん。なんとなくそうなんじゃないかって思ってた」

「うそ!?」

「荘田彩夏とルームシェアやめたって言ってあんたが実家に戻ってきた直後に、私と会ったことあったでしょ。あのときの逢衣、本気でヤバかったもん。隠してたつもりだったかもしれないけど、目は泣きはらして赤かったし、雰囲気もずどんと暗くて病んでるみたいだったから、ちょっと気づいてたよ。ただの友達と離れただけで、あんな風にはならないでしょ。ちょうど丸山《まるやま》先輩と別れて荘田彩夏と暮らし始めたあたりから、逢衣はすごく明るくなって綺麗にもなってたしね、分かりやすかったよ」

私はため息をついてコップに残っていた日本酒を喉を鳴らして飲み込んだ。どうやら、ばればれだったらしい。親友の観察が鋭いのか、私が単純なのか。急激なアルコール摂取に側頭部が痛くなる。酩酊《めいてい》したいときほど意識がはっきりして、頭が痛くなったりお腹の具合が悪くなったりするだけで終わってしまうのはなぜなのか。

「そっか、お見通しだったんだね、真奈実には」

「そりゃ付き合い長いもん私たち。でもさすがに逢衣が……女の人を好きになるなんて予想外過ぎたから、今の今まで〝まさかな〟と思ってた部分もあったけど。こっそり心配してたよ」

「ありがとう。私も自分の心の動きが信じられなかったよ。今でも信じられないくらい。この前さ、彩夏のマネージャーさんから久しぶりに連絡が来て、私の手紙を彩夏に渡してもらったんだ。ニュースになってたから知ってるかもしれないけど、今、彩夏病気なんだ。でも彩夏からはなんの音沙汰もなくて、見舞いには来るなってマネージャーさんを通して通告された。まだ付き合ってると思ってたのは私だけだった」

あっけらかんと経緯を説明するつもりだったのに私は途中から鼻声になり、涙を拭くためのティッシュを探した。みっともない、泣くなんて。自分では酔っていないつもりでも、やっぱり涙もろくなっているようだ。

「そうだったんだ。まあ、あっちにも色んな事情があるんだろうね」

真奈実は化粧を落として、つるんとした素肌の顔で、さりげなくそう言った。髪を真ん中で分けて綺麗な卵形の輪郭なのは、学生の頃から変わらない。私が辛いときは話を聞いてくれるけど、苦しみの原因になっている人について、同調して悪口を言ったりはしない。そういうところが物足りなくもあり、すごく好きな部分でもあった。

「今も辛いだろうけどさ、ルームシェアやめた直後のあんたに比べたら、だいぶ元気そうに見えるよ。そんなに長い年月、一途《いちず》に想い続けてたなんて、ある意味立派だと思うよ」

彼女の肩に頭を預けた私を、まるで寝かしつけるみたいに一定のリズムでとんとんと叩き続ける。子育ての経験で泣いている人間をあやし慣れているのか。呼吸が穏やかになりだいぶ落ち着いた。

高校生の頃、一緒に下校してお互いの帰路が別々になる地点で別れがたく、よく陽《ひ》が沈むまで立ち話をした。ばいばいと手を振って背を向けるとき、明日学校で会えると分かっていても、さびしかったのを覚えている。でも真奈実とは友達だ。大好きだけど、何がどうひっくり返っても友達だ。なぜ彩夏とだけはあんなにも不思議な変化が起きたのだろう。

別の話で盛り上がったあと、ふと真奈実が呟いた。

「逢衣の気持ちも分かるけどさ、もう解放されてもいいんじゃないの？」

彩夏のことを言っていると分かった。どう答えたらいいか分からず黙っていたが、真奈実の言葉はいつまでも頭のなかを巡った。

解放か。私は囚《とら》われているのだろうか？　門番のいない、鍵さえかかっていない、いつでも出ていけるはずの牢屋《ろうや》のなかに。だとすれば私を捕らえているのは彩夏ではなく、自分自身だ。

絶対に連絡が来るわけないと思っていた相手から呼び出されたのは、米原さんから電話をもらってから二週間と経たないころだった。私が指定された駅で降りて電車の走る高架下をくぐり住宅街へ向かうと、マンションと田んぼの間に、彩夏の母親がタバコを吸いながら突っ立っていた。

「ああ、やっと来たね。このマンションの三〇四号室にあの子が居るから、よろしく頼むよ。あとこれ、あんたが持って帰る荷物」

たったそれだけの言葉ですべてを済まそうとする彩夏の母親に度胆を抜かれて、私は立ち去ろうとする彼女を引き止めた。

「待ってください、一体どういう経緯で私に連絡をしようと思ったんですか」

「彩夏が倒れたのはあんたも知ってるでしょ。あれから私はあの子の世話ばかりして、こっちまで頭がおかしくなりそうなんだよ。私の言うことなんか一つも聞かなかったあの子に老後の面倒見てもらおうなんて思ってなかったけど、まさか六十歳に差し掛かった私があの子の介護をやる羽目になるなんて、ねえ？　どうしたもんかと思ってたところに、あんたからの手紙が彩夏の机の上に置いてあって、中を読んだら〝会いたい〟って書いてあったから、それなら彩夏を引き取ってもらおうと思って連絡した。どうせ私が何か言ってもあの子はぎゃあぎゃあわめくだけで聞きやしないから、この件についてはあんたから話しておいて」

そんなに我が子に無関心なら、あのときなぜあんなに口を出してきたのだ、親としての権威を誇示したかっただけなのかという言葉が口から出てきそうになったが、唾を呑み込んで黙って頷いた。この人が何を言おうが、どう思っていようが、もはやどうでもいい、関係ない。これは私にとってはチャンスだ。

「自分が大変だからって、私にも私の生活があるのをあの子は忘れてる。私はこの年でまだ立派に働いてるし、恋人も近所に住んでる。あの子の母親をやってたのなんてもうずいぶん前で、今の私には私の生活があるのに、あの子は三十過ぎても困ったときだけ娘づらして頼ってくるんだから、本当に図太い神経だよ。あの子はずいぶん若いうちからさっさと出ていって、成功していたときは連絡一つ寄越《よこ》さなかったのに、いまさら〝ママ〟なんて言ってきてる。あの年で甘えるだなんて、ただのやっかいな年増《としま》だよ。金はあるんだからわざわざうちに帰ってきて住み着かなくても、自分の部屋を借りて誰か雇えばいいのにって言ったのに、誰も雇いたくないの一点張りでね」

「本当に、あなたのもとで育ちながらどうやって彩夏があんなに純粋に成長できたのか、私は不思議議です」

我慢できなくて、口走っていた。彩夏の母親は薄笑いを浮かべた。

「あんたには分からないかもしれないけど、私はあの子が子どもの頃は愛《いと》しくて、可愛がったんだよ。でもあの子はいつも文句ばかり、不満ばっかり。現状に満足できないタイプの人間なんだよ。私はあの子とは比べものにならないくらい運の悪い人生を送ってきたから、あの子の傲慢さが許せなかった。誰かを思いやってる余裕なんかない、気を抜いたら食われる日々を送ってきたからね。でもやっぱり私の子であることからは逃れられないんだね。金はあるみたいだけど、身体がダメになってあんな様《ざま》だ。今のあの子を見てると私は昔の自分を思い出していたたまれなくなる」

「分かりました。彩夏のことは私がすべて面倒見ますから、お母様はもう二度と彼女に関わらないでください」

「頼むよ。でも万一あの子がいよいよ危なくなったときは遺産相続の相談をしに、弁護士を連れてあんたたちのところへ行くからね。あんたも総取りしようなんて気を起こすんじゃないよ」

頭痛がして目を閉じた。ただ非情なだけではなく、この母親が今までお金でどれだけ苦労してきたか、その淡々とした口ぶりから想像できたからだ。状況から考えれば、もしかしたら彩夏を食いものにしていないだけ、この人はましなのかもしれない。

「でも彼女が私を拒否した場合、私はどうしたらいいですか。まさか無理やり連れていくわけにもいかないし」

「あの子があんたを拒否する？　それはないね。これを見たら分かる」

彩夏の母親は、地べたに置いた籐《とう》のバスケットを足先でつついた。

「私はあんたからの手紙と彩夏のこれを見て、あの子の引き取り手はあんただと気づいたんだからね。彩夏は事務所が借りてたマンションからうちへ引っ越しするとき、部屋が散らかるのが嫌だといって、ほとんど何も持ってこなかった。でもこのバスケットだけは捨てるなって言ってきてね。はっきり言って邪魔だったよ。うちはあの子が住んでた御殿みたいに広くないから、この機会にあんた持って帰って」

バスケットの中身にはまるで心当たりはなかったが、私はすべて分かっているふりをして頷いた。中身を早く確認したかったが、彩夏の母親の前で開ける勇気はない。

「分かりました。これからの彩夏についての責任はすべて私が負います。でも代わりにあなたは、遺産相続のとき以外は、決して彼女に連絡を取らないでください。彼女の回復を阻害する可能性があるので」

彩夏の母親は舌打ちした。

「偉そうに。なんでいつも私ばっかり。私とあの子を最初に捨てたのは父親の方なのに、同じ親でも母親の方が何倍も責められる。一生かけてね。あんたも自分が子ども持ったら、きれいごとばっかり言ってられないんだからね。ああそうだ、忘れてた、持たないのか。持てないね」

どれだけ自分が幼稚に見えても構わないから、相手を傷つけて喧嘩に勝ちたいという意志が、唾と一緒に飛んできて、私は自分の顔を拭いた。

私は完璧じゃない。だから他人にいくら笑われてもしょうがない。でも自分だけは自分を笑っちゃいけない。私の頑張りを一番近くで見ているのは私だから。

バカにされるのは大した問題じゃない。問題は自分を守る壁を厚くし過ぎて、絶対にやりたいと思っていたことまでできなくなること。

「鍵を貸してもらえませんか。中に入りたいので」

この件はもう終了したとばかりに、すでに歩きはじめていた彩夏の母親は無関心な一瞥を私に投げた。

「開いてるから好きに入れば」

彩夏の母親の姿が見えなくなったのを確認してから、私はバスケットの留め金を外した。

なかの大量の写真を見たとき、彼女が仕事で撮られたり、他の人と写ったりしている写真ではないのかと思った。

でも中に入っているのはすべて彩夏と私の写真だった。彩夏のマンションで料理を作る私を彩夏が撮った一枚、インカメラで二人並んで撮った写真、種類は少ないが一枚の写真が何十枚と印刷され、分厚い束になっている。特にパーティでフォトグラファーに撮ってもらった写真は、それぞれ百枚はあるのではないかという量だ。

私たちはあまり写真を撮る習慣がなかった。私は大切なことは自分の目で見て覚えておきたいと思っていたし、彩夏は撮ってもらう側でいることに慣れていた。周りに隠して付き合っていた状況がレンズを構えにくくさせていたのもあるかもしれない。まだまだ一緒に過ごす時間はたくさんあるから、これから撮っていけばいいと呑気《のんき》に構えていたのもある。こうなると分かっていたら、私は彩夏の一挙手一投足にシャッターを切っただろう。だから彩夏は同じ写真を何枚も複製するしかなかったのだろうか。

手に取って写真をつぶさに眺めたかったが、手がこわばり上手く動かせなくて、結局しゃがんでバスケットの中身を眺めていると、涙がぽたぽたと写真の上に落ちた。会えなくなれば思い出は増えない。擦り切れるまでかつての思い出を何度も何度も温め直すしかない。同じだけ孤独な年月を過ごした私には、彩夏の行為の意味が分かりすぎるほど分かる。

大量の写真のなかに挟まっていた紙を引っ張り出すと、似顔絵と呼ぶにはあまりに情熱的で念入りに描き込みされた私の顔のスケッチが出てきた。髪の流れや生え際、笑ったときの目に光が入る様子、上がった薄い唇の端、丸く尖った肩。細部が忠実に再現されていて何度も柔らかな線が重ねられている。彩夏らしい癖の強い、けれども愛らしいイラストだ。

自惚《うぬぼ》れるわけではないけど、一目見ただけでこれを描いた本人が私に惚れているのは明らかだと分かるくらい、愛情に溢れていた。写真を参考にしながら記憶のなかの私の面影を追って線を足した様子が、消しゴムの痕や消えきっていない薄い線から伝わってくる。斜めから見た顔のスケッチもあり、私が自分でもあまり認識していない左眉を少し上げて注視する一瞬の表情をよく摑んでいた。

問題はいつ描かれたかだ。もし最近の作品だったら私は飛び上がるほどに嬉しいのだが。私は紙に顔を近づけ、裏返したりしたが、日付は無く、紙の劣化具合も参考にならなかった。

さらには、私たちは別れたわけではないのだからと、タワーマンションを出るときにあえてすべて持ってきたつもりだったが、時間があまりなかったのもあって忘れてしまったらしい、私の歯ブラシと出て行ったとき洗濯中だった薄いイエローのタンクトップが出てきた。あの彩夏の母親から、こんな最高のプレゼントがもらえるなんて。

これから再び彩夏に会うのだと思うと、喜びと緊張が心のなかで激しい渦を作り、私は思わず空を仰ぎ見た。抜けるような青空に質量のありそうな真っ白い入道雲が浮かんでいる。なんて密度の濃い、奥行きのある雲なんだろう。苦しいほど速くなってゆく胸の鼓動に、雲の模様が重なる。太陽の光を浴びて、じっと見ているると目が痛くなるくらい白く輝き、圧倒的な存在感なのに、風によって速いスピードで左から右へ流れてゆく。

八月の真っ直ぐな太陽光線を浴びたら汗がにじんできて、日陰を作るために手で顔を隠した。

彩夏、私のこと、まだ覚えてる？

三〇四号室にたどり着き、ドアの取っ手を引くと、彩夏の母親が言った通り鍵のかかっていないドアは簡単に開いた。

私の一人暮らしの部屋を思い起こさせる簡素な間取りの中へ入ってキッチンを通り過ぎ、その奥の一室に、息を吸いこんだあと意を決して踏み込む。ベッドの上の彩夏は帰ってきたのは母親だと思っているらしく、一瞥もこちらにくれなかった。横たわったまま、ぼうっと天井と壁の中間辺りを見つめている。

いつも長く伸ばしていた髪は首の付け根が見えるくらいまでばっさり切り、健康的だった肌色は青白くぼやけて、変わらない大きな瞳の下には薄茶色の隈《くま》が透けていた。散らかった部屋は彼女の衣服や食べかけのご飯が散乱して饐《す》えた臭いがした。だいぶ変わってしまったけど、でもやっぱり一緒に暮らしていたときの面影は残っている。

私がこらえきれず泣き出すと、彼女がようやくこちらを見た。彼女の顔に驚きが広がるより先に私はベッドへ近づいた。

「彩夏、会いたかった」

長年待ち望んでいたこの瞬間、生身の彩夏を私は近距離で直視できない、さわれない、まだ勇気が出ない。

「あなたのお母さんが住所を教えてくれた。離れ離れになるとき、傷つけてごめんね。会えない間、私はずっと彩夏のことばかり思ってたよ。彩夏は大変だったね、病気になって、仕事も休止せざるを得なくて。いま具合はどうなの？　まだ身体中が痛むの？」

彩夏は私をじろじろ眺めたあと、無表情のまま告げた。

「南里さんには関係のないことです。いますぐここを出ていって下さい」

「突然訪ねてきてごめんなさい。あなたの大変なときに、力になれずに。ねえ今更だと思うかもしれないけど、私になにか手伝えることはない？　してほしいことがあれば、伝えてくれたら、できる限りのことはするから」

「それ、なんであんたが持ってるの？」

彩夏が私の持っていたバスケットを指差した。

「これはさっきあなたのお母さんから、あんたが持って帰れって」

私は震える指でバスケットを開けて、中身を見せた。

「私との思い出の品を、こんなにたくさん持っててくれてたんだね。この写真懐かしいね」

「別れてすぐは見ていた時期もあったけど、もう自分でもどこへやったか忘れていました。ここで捨てて帰って下さい」

「捨てるわけないでしょ。本気で言ってるの？」

私が彼女の肩に手を置こうとすると、彩夏が鋭い声を上げた。

「やめて！　さわらないで。ほんの少しでも触れられると身体中に痛みが走るから！」

手をあわてて引っ込めた。

「ごめんなさい」

私がいても悪化させるだけかもしれない。帰りますと言いかけたときに、彩夏が苛立《いらだ》たしげに尋ねた。

「ねえ、米原さんに伝えた言葉は聞かなかったの？」

「米原さんからは聞いてたよ、彩夏が私を呼ばないでって言ってるって。それで私は一旦諦めたんだけど、彩夏のお母さんから連絡があって、今、下で話し合ってきたの」

目を閉じた彼女から微かな舌打ちが聞こえた。

「ママ、余計なことをして。なんて言ってたの」

「彩夏の面倒を見るのは、私が相応しいって」

「それで、のこのこ部屋まで上がってきたわけ!?　私があんたの世話になる訳ないでしょ。もう他人も同然なんだから！　ママが私をここから追い出したいなら今すぐにでも出て行くけど、あんたのところへは絶対行かない」

彩夏が咳《せ》き込んで喉元を手で押さえて呻く。

「どうしたの、痛いの？」

思わず彼女の方へ身を乗り出して布団に手をついたとき、感触の懐かしさに気づいた。私たちが使っていたリネンカバーだ。年月も経ち場所も変わったのに既視感があったのは、シーツやピローカバーが二人で住んでいたときと同じだからだ。当時の張りのある生地から、洗濯や肌擦れで摩耗したくたくたの色褪《いろあ》せたものに変わっているが、七年前これにくるまって二人で眠っていた。キングサイズ用のシーツだったから今のベッドには大きすぎて、端は床すれすれまで垂れ下がっている。

私の枕も当然のように彩夏の頭の隣に鎮座していた。ピローカバーは彩夏はオフホワイト、私は薄い緑で揃《そろ》えたから間違いない。こちらも随分色褪せている。私の視線の先に気づくと彩夏はきつく唇を引き結んだ。

「新しく買い揃える暇もないくらい忙しかっただけだから、勘違いしないでね。これももう捨てるから」

「分かった、私は帰る。でも彩夏、私はあなたのことを離れる前と変わらず愛してる。だからできる限り側に居たいし、力になりたい」

「私のこれまでの生活を知らないからまだ愛してるって言ってるけど、私があんたと離れている期間にどれだけの人と寝たかを知ったら、もうそんなことは言えないよ。ばれない安全な相手を紹介してもらって、男とも女とも寝た。楽しかったよ！　あんたのことも忘れられた。もちろん上手に隠れて付き合ってた恋人もいたし。私が弱ってるときにつけ込んで、ヨリを戻そうなんて卑怯なことしないでよ」

彩夏が言葉通り、この長い年月、完全に私を忘れていたとは信じられなかった。年月の経過と私への気持ちの変化が私に対する態度を変えたのかもしれないが、それでもわざとよそよそしく振る舞っている部分もあるのではないか？　彼女はどうでもいい人間にまつわる品を取っておいたり、使い続けたりする人間じゃない。一緒に住んでいたとき、本当に必要なもの以外、なんでも捨てていた。

でも仕事が忙しい上に、恋人や恋人候補がたくさんいる生活を送っていたのなら、彼女の言う通り捨てるのさえ忘れていたのかもしれない。そして彼女が私を見るあの目つき。憎悪がむき出しで激しい拒絶を示していた。

私との関係がどうというより、今の彼女の置かれている状況の方が気になる。彼女の実家は見たところ、病人に適したとは言えない環境だった。彩夏の母親は介護を続ける気もないようだし、時間が経つにつれ彩夏がますます辛くなり、悪化していくのではないか。

彩夏は確かに病気で面変《おもが》わりしていたが、彼女の瞳が映し出す感情の豊かさは昔と変わらなかった。彼女の瞳は明らかに私に怒り、そして声にならない悲痛な叫びを発していた。それは助けを求める声ではなかったか？

悶々《もんもん》と考え込んだあげく、一つの答えを出した。

彩夏が私をどう思っているかは分からないけど、彼女の母親が彼女の世話を放棄しようとしているのと、彼女が他の誰にも頼りたくないと思っているのは事実だ。あの状態で一人きりになれば、症状がさらに悪化するのは目に見えている。だとすれば、せめてもう少し回復するまでは私が看病したい。

彩夏にとっては迷惑かもしれないが、私は介護を放棄したいと切望している彼女の母親よりはよっぽど、彼女のサポートを上手にできるはずだ。とりあえず彼女が苦境に立たされている今は憎まれ役になってもいいから側にいて、彼女のために身体を動かそう。もし彼女が治ったときに私と関係をやり直そうが、私のもとから離れようが、もうそれはどっちでも良い。彼女が私を厭《いと》いすぎてさらに体調を崩さない限り、彼女専属の付添人として働こう。米原さんがいない今、私が彼女のマネージャー兼ケアワーカーになろう。

あの強情な人を説得するのは無理だ。強行突破しかない。

私は彩夏を迎える準備を急ピッチで進めて、最初に彩夏の実家を訪れてから二十日後、再訪問した。

キッチンで洗い物をしていた彩夏の母親は苛立った険悪な表情で小声で私に問うた。

「やっと来たね。あんたこの前ちゃんと話をしたの？　あの子はまだここにいるつもりみたいだけど」

「今夜連れて行きます」

私は彩夏の母親の脇をすり抜け、彩夏の部屋のドアを開けた。携帯を見ていた彼女はドアの開く音にびくっとしたあと、入ってきたのが私だと気づくと、宿敵を見る目つきで睨んだ。

「何しに来たの？　もう来ないでって言ったのに」

「彩夏はもうここにはいられないよ。あなたがゆっくり休息できる場所を私が用意したから、今からそっちに移りましょう。家の外に車椅子を用意してあるから、そこまでは歩いて」

「は？　行くわけないでしょ、なんの権利があってあんたにそんなことができるのよ」

「あなたを移動させる許可はあなたのお母さんからもらってるから。彩夏、他に選択肢はないよ。私についてきて」

「嫌だ。頭がおかしくなったの？　さっさと帰って」

「彩夏は事務所で用無しになって、母親からは面倒くさがられて、引き取り手はもう私しかいないの。だから観念して一緒に来なさい」

　さすがにショックを隠しきれず、彩夏の表情に暗い翳が差した。

「分かった。よく分かった。どっちにしても、もうすぐ出て行くつもりだったから問題ないよ。私はどこか部屋を借りて一人で住むから。なんであんたと一緒に暮らすって発想になるの？」

「一人で暮らせる身体じゃないでしょ」

「あんたと住むくらいなら誰か雇うよ、お金はあるから」

　絶対に言われると分かってはいたが、実際に言われて内心焦った。でも彩夏に気取《けど》られないよう、なおさら険しい表情を作った。

「彩夏がいま自分で動かせるお金はゼロに近いよ。米原さんがあなたの母親の性格をよく知ってて、あなたのお金がお母さんに使い込まれないように、今までの収入は代理人の弁護士に託していると言ってたよ。だからあなたが以前使っていた銀行口座はとうの昔に解約されてる」

　まったくの口から出まかせだったが、彩夏は銀行に行く体力さえ残っていない状況だろうから、しばらく時間稼ぎはできるかもしれない。

「嘘ばっかり。一体なんの権限があって今は所属さえしてない事務所が私の財産を動かせるっていうの」

「それだけじゃない。今夜あなたのお母さんは別に住んでいる恋人と久しぶりに逢うから、この家を使いたいんだって。だからどうしても今夜じゅうに彩夏を家の外に連れ出してほしいんだって。私が平日の夜に急いで来たのはこのためだよ」

思い当たる出来事があったのか彩夏は口をつぐんだが、まだ信じたくないという表情をしていた。

「下にタクシーを呼んであるから早く立ち上がって。荷物は後日私がまとめに来るから、あなたは家の外に出て車椅子に乗るだけでいい」

私のついた二つの嘘は明らかに彩夏に見抜かれていたが、言い争う気力もないのか彩夏は足を床に下ろすとゆっくりと立ち上がった。

「もうどうでもいいや。好きにして」

ふらふらと歩く彩夏はもう自分の状況にさえあんまり興味がないみたいだった。布団に隠れていない彼女の身体を七年ぶりに見て、想像を絶するほどの苦労を感じとった。以前の洗練されたボディーラインは消え失せて、身のこなしも重々しい。どんな言葉よりも彼女の身体の変貌が、彼女の病との凄絶な闘いを記録していた。

「ママ、これで満足？　そんなに私と一緒に居たくないとは知らなかったよ。今まで親切にしてくれてどうもありがとう」

彩夏はリビングにいた母親に声をかけたが、さすがに気まずいのか、母親は音量の大きいテレビを眺めたまま、振り向かなかった。

彩夏は家を出ると車椅子に座り私とも口をきかず、タクシーに乗っている間はずっと窓の外を見ていた。

タクシーが目的地に停《と》まると、彩夏の顔に驚きが広がる。以前私たちが一緒に住んでいた世田谷《せたがや》区のマンションの前だった。

車椅子を押してドアの前までたどり着くと私は鍵を開けた。そこは元いた部屋とは違うけれど、かつて私たちが住んでいた部屋と間取りがほとんど同じの、私の借りた新しい部屋だった。

「懐かしいでしょう。借りるならこのマンションって決めてたんだ。ちょうど一室空きが出ててラッキーだったよ。前の部屋よりはちょっと狭いけど」

昔の私たちを再現する必要はない、今の私たちは私たちのままでいい。でも可能なら私はこの慣れ親しんだマンションから、私たちの関係を再び始めたかった。いずれはここを出て二人が別々の道を歩くことになったとしても。

「本当は〝天空の城〟を借りたかったけど、あそこにはいま空いてる部屋がなかったから」

いくら貯金をしてきたと言っても、あのタワーマンションの家賃を払い続けられるほどではないのが実情だが、空き部屋がないのも本当だった。

「私、ここには住めない」

「どうして？　納得できる理由があるなら今すぐ別の場所を探すよ」

「ここは事務所が何部屋も所有してるマンションなの。だから事務所所属のタレントが何人か住んでるだろうし、顔見知りの社員やマネージャーもやって来る。私は辞めてあの人たちと無関係になったけど、こんな姿は見られたくない。だからこのマンションには住みたくない」

「彩夏はほとんど外に出ない生活だから誰とも会わないでしょ？　自分でそう言ってたじゃない。外での必要な用事は全部私が出ていって済ませるから、何を頼んでくれてもいいよ」

彼女は私をじっと見た。

「ほとんど監禁だね。通報したら警察が動くかも」

「彩夏も悪いんだよ？　意地を張らなかったら、あなたの意見も色々聞いた上で判断できたのに、聞く耳もたなかったから。私と付き合ってたとき途中から忙しすぎて、しょっちゅう家を空けて私にさびしい思いをさせてきたでしょ？　今度は逆だよ。彩夏はずっと家に居て毎晩、私の帰りを待ち続ける。それに事務所の人間なんて今更どうでもいいじゃない。私にとってはこのマンションは、彩夏のいた事務所が何部屋所有してるかより、初めて二人で住んだ部屋があるってことの方が、よっぽど重要なの。他はどうでもいいよ」

彩夏はため息をついた。

「あんたってそんな強引な人間だったっけ？」

「ともかくあのお母さんの家に居るよりは快適で、病気が早く治る環境を作るように最善は尽くすから。あの人との実家暮らし、大丈夫だった？　大変な思いしたんじゃないの」

「別に。いきなり転がりこんだにしては、よくしてくれたよ。私、もう疲れたから寝る」

「うん、ベッドに連れていくね。ゆっくり眠って」

日数が足りずあらゆる家具が未調達だったが、ゆっくり休めるように寝室だけは念入りに整えた。身体にフィットする介護用のマットレスと布団、電動リクライニング機能のついたベッドなど、私が買える範囲内では最高品質の寝具を置いた寝室へ彼女を連れていき、寝かせた。貯金しておいて良かった。彩夏は本当に疲れ切っていたようで、枕に頭を埋めると私が寝室を出ていくよりも早く寝入り、規則正しい寝息を立てはじめた。

相変わらず唇の色は悪く、寝ているときでも痛むのかわずかに顔を顰めたままで眉間の皺《しわ》が消えていない。それでもかつて私たちが二人並んで眠っていたのとそっくりな寝室に、彼女が今こうして存在して眠っているのが幸せすぎて、踊りだしそうになる。ひとまず安堵《あんど》すると、張りつめていた緊張の糸が切れて、私にも猛烈な眠気が襲ってきた。別室に置いてある自分のベッドに行きたかったけど、寝ている間に逃げられても困るから、彩夏のベッドの横の床に寝転がると、自分の肘を枕にして目をつぶった。

翌朝、目覚めた彩夏は干からびた唇を引き結んで、虚無の表情で一点を見つめたまま動かなかった。今この瞬間も痛みに耐えているのか、一晩寝た直後でもまだ疲れた顔をしている。

病気だからか、それとも横になっている時間が長いからか、彩夏はむくみ体質になったらしく、昨日車椅子から立ち上がらせるために、私が彼女の腕を強く掴んだせいで、翌朝の今になっても私の指の痕がくっきりついていた。怪我《けが》をさせないようにと必死で、力の加減の調節にまで頭が行かなかった。刺激に過敏になっているはずの彼女は相当痛かったはずだが、なにも言わなかった。それまで気づかなかったが、よく見れば脚も、象の肢《あし》みたいにむくんでいて、足首が消えている。

「おはよう。朝ご飯作ったから車椅子でリビングに移動しようか」

「朝は食べないの。嚙むとき顎を動かすと響いて痛いから、一日二食で十分」

「病気じゃなくても彩夏は前から低血圧だったから、朝起きてすぐ朝ご飯を食べるのが嫌いだったよね。病気のせいにしないで、ほら早く一緒に食べましょう」

静かな最小限の手の動きで、彩夏は私の助けの手を制した。

「自分で降りるから大丈夫」

「分かった。じゃあ車椅子を支えておくね」

緩慢な動作でベッドから車椅子に移った彩夏は、それだけでもう息が上がり顔色が悪くなっていた。

彩夏は私が作った味噌汁《みそしる》をほんの少量しか口に運ばず、他の具はよけてしめじばかり口に運んだから、私はおたまで彼女の椀《わん》にしめじを追加した。味噌汁もご飯も豚のしょうが焼きもまだ大半が残っているなか、彼女はポケットに入れていた薬を取りだして白湯《さ ゆ》で飲み始めた。

「なんの薬飲んでるの？」

「痛み止め。私の今の症状は原因不明だから治すための薬は処方されてなくて、痛みのレベルに合わせた痛み止めだけ処方されてる」

「彩夏の病名って、テレビで言ってた通りの線維筋痛症なの？」

「違う。報道では噂《うわさ》をもとに勝手に推測して書かれちゃったけど、まだ診断は下りてない。診断が下りるまでに時間のかかる病気だから、私はまだ〝その疑いがある〟程度。慢性疼痛《とうつう》の疾患ってだけ。有名になってきた病名だからメディアは私も同じにしたかったみたい」

私は関連の書籍を買い集めてすでに読み終えた後だったが、医者もまだ彩夏の病名を不明としていることは初めて知った。

「お医者さんはどうしたら治るって言ってるの？」

「身体だけの問題じゃなくて心因性のストレスも関連してるってはっきり言われたから、身体と心の両方を良くする必要があるみたい。手術や投薬で治る類《たぐい》の病気じゃない。完治した人もいるし長引いて一生付き合っていく覚悟の人もいる。どうなるかは分からない」

インターホンが鳴り、私はボタンを押してオートロックのエントランスのドアを開けた。

「誰が来たの？」

「家事代行の人。私が仕事に行ってる間、彩夏のお世話をしてもらおうと思って呼んだんだ。元看護師の人で家事も介助もできるらしいから、快適に過ごせると思うよ」

彩夏の顔色が変わり表情が強張る。

「帰ってもらって。人は雇わなくていい。実家にいたときもママが仕事に出掛けたら一人でやってた。遠慮じゃない、よく知らない人が家に入ってくるのが嫌なの。闘病中の写真とかこっそり撮られて売られたくない」

凜のことがあったからなのか、それともその後の芸能活動の中で相当嫌な思いをしたのか、彩夏は極度の人間不信になっている。彼女がどうしてあの母親を頼ったのか不思議だったが、その理由が分かった気がした。

「ごめん、人が来るのそんなに嫌だったんだね。事前に訊いておけば良かった、帰ってもらうよ」

家事代行の人には謝って帰ってもらうしかなかったが、会社に行っている間、彩夏を一人で部屋に置いておくのは不安だった。動くと痛みが広がる病気の彼女に自分の身の回りのことをさせるのは酷だ。

「大丈夫、特にやることもないし、ベッドに横たわっていれば薬が効いてきてまた眠るから。ねえ、逢衣は今はどこに勤めてるの」

「もちろん昔のままだよ」

「えっ、秀芳社《しゅうほうしゃ》での仕事、ちゃんと続けてたんだ」

彩夏は再会してから初めて私に笑顔を見せた。

「私にはあそこしか受け皿がないから、必死でしがみついてきたよ。正社員にもなれたし」

「きっと一生懸命努力してきたんだろうね」

「紹介してくれた彩夏のおかげだよ」

「だから私は、なんにもしてないって。夢を叶えたのは逢衣だよ」

「夢って、そんな大げさだよ」

「逢衣には自分の好きな仕事をしてほしいってずっと思ってたから、私の夢が叶ったようなものだよ」

嬉しい言葉に私は満面の笑みを返したが、彼女は素早く険しい表情になった。

「まあ、昔のことだけど」


彩夏の様子が常に気になったが、仕事は休めない。しょっちゅう電話をかけたり部屋にカメラを設置しておいたりするわけにもいかない。

しかし帰宅すれば彩夏がうちに居るという状況が私を有頂天にした。ミスをしないようにとひたすら守りの姿勢でやってきた仕事への姿勢が、彩夏の登場で活力が戻り、もっと活躍したいとさえ思うようになった。なによりも早く帰りたいから、日中の仕事を猛スピードでこなし効率が上がった。

私が一人暮らししていたアパートと違い、今のマンションは会社から一時間近くかかる距離にあったので、私は徒歩の移動をすべて小走りで済ませて地下鉄を乗り継いで一分でも早く帰れるように工夫した。

その日も、帰宅すると彩夏は朝と同じようにベッドに横たわり、私が部屋に入ると薄目を開けた。

「おかえり」

「ただいま。作り置きしてた晩ご飯は食べられた?」

「うん、揚げ出し豆腐と鶏肉の煮物、もらった」

「良かった。これからまた新しく作るけど、それも食べる? 大根のサラダとハンバーグを作ろうと思うんだけど」

「ううん、もうお腹いっぱい」

「蒸し暑くない? エアコンつけようか?」

「ううん、寒いくらい。いつでもいいから、あとで毛布一枚貸してくれる?」

「取ってくるよ」

九月だからまだ早いと思っていた毛布をクローゼットの奥から取り出して、寝室へ持っていき彩夏の肌布団の上にかぶせた。

「寝室にテレビでも運びこんでおいたら良かったね。退屈したでしょう」

「しない。テレビはあったとしても見ない。やっぱり懐かしいね、このマンションの感じ。ベッドから内装とか外の景色見てたら色々思い出して、退屈しなかった」

彩夏は優しい目つきで、以前住んでいた部屋とほとんど内装も間取りも変わらない寝室を見回した。

「事務所も私に悪いって思いがちょっとはあったのかな、逢衣と離れたあと、私は〝天空の城〟よりももっと豪華なマンションの一室を借りてもらって住んでたの。引退するまでの数年はホテルのスイートルームを借り上げて住んで、炊事洗濯掃除の類は常に人にやってもらってたな。でもどんな豪華な部屋よりこのマンションに住んでいたときが、一番気持ちが豪華だった。無敵みたいな気持ちだった。ホテルのエントランスにいくらガードマンが立っていても、ここに居たときほど安心できたことはなかった」

私は泣きそうになるのをこらえて、笑い飛ばした。

「私の予想以上に豪華な生活を送ってたんだね、彩夏は。私は自分でつまみをひねってガスに点火してお湯を沸かすお風呂がある築四十年のアパートに住んでたけど、これ以上ないほど無敵な気分だったよ。絶対にいつかまた彩夏と一緒に住める日が来るって確信してたから。でっかいゴキブリも始末できるようになったし」

彩夏が微かに笑い、私は彼女の瞳に光が戻るのを期待したが、彼女は遠い目をしていた。

「逢衣と一緒にいた頃が、私にとって一番幸せな時代だった。なんであんなに真っ直ぐ、激情だけで人を愛することができたんだろ。逢衣に告白して、奇跡みたいに受け入れてもらえて、恋人同士になれて、一緒に暮らすことさえできて、私は毎日天にも昇る心地だった。運命の人と両想いになれるなんて、勇気を出して良かった、って調子に乗ってた。逢衣と一緒にいれば恐いものなんてなかった」

彼女の思い出話をたくさん聞きたかったが、私が彼女から聞きたい声のトーンと今の彼女のそれがかけ離れていて、不安を覚えた。私は思い出話を私たちの愛の糧として現在に繋げたかったが、彩夏はそれを完全に過去として扱っていた。私は彩夏の枕元に腰かけた。彼女が膝を軽く曲げているため、毛布の下に二つの小さな山が隆起していて、彼女は話しながらそこに視線を落としていたが、瞳は優しく哀しげに思い出をたどって、どこも見ていなかった。

「でも今の私に残ってるのは、馬鹿な告白をして逢衣を私の人生に巻き込んで、強引に未来を変えてしまったことへの後悔だけ。逢衣こそ、ちゃんとまっとうに生きられる人だったのに。

付き合ってる最中も、すごく幸せだったけど、無理やり手を引っ張って連れてきた逢衣が、いつかは普通の道に帰っちゃうんじゃないかと、いつも不安だった。だから事務所に強制的に引き離されたあと、逢衣が私のことを忘れて新しい彼氏を作ってる光景が毎日毎日頭に浮かんできて、気が狂いそうだった。でも一方で、逢衣が自分から決めて私のもとを去っていくときの姿を見ずに済んで、ほっとする気持ちもあった」

私も同じことを考えたことがあったので、彼女の言葉はよく理解できた。途中で引きちぎったからこそ、力ずくで無理やり引きちぎったからこそ、記憶のなかで私たちは永遠だった。

　たとえ私が誰か他の人を好きになり、結婚して子どもを産んで彩夏とのことをまったく思い出さなくなっても、それは別の世界の出来事で、私と彩夏は、中断という形でずっと繋がっている。もう二度と会えなかったとしても、それはある種の獲得なのではないかと眠れない夜に考えていた。

「彩夏さえ良ければ、私はいつでもまた側にいるよ」

「逢衣、はっきり言っておくね。私はあなたとやり直すつもりはない。身体が良くなればここを出ていくつもりでいる。病気を発症したときから私は治療には投げやりで、もう一生このままでいいや、痛みにまみれて死んでいこう、と思っていたけど、ここに来て自分を治すという目標ができて、初めて早く治したいなと前向きに思うようになった。そんな風に思えるようになるきっかけをくれた逢衣には感謝してる」

　現在の私の希望は彼女の絶望になり、彼女の希望は私の絶望になる。二人の見ている方向がまったく逆なのだ。

　なぜそんなにまで私から離れたいのか、この部屋を出ていきたいのか彩夏に理由を訊きたかったが、口に出して尋ねる勇気はもうどこにも残っていなかった。

「でもどれだけここでお世話になるかは、病気次第だから私にも分からない。だからお金の面ははっきりさせておきたいの。ここの家賃も揃えてくれた身の回りのものの代金も、私のお世話代も含めて、いい加減いくらか教えて。新生活が始まったばかりだからまだ予想がつかないとかなんとか言ってたけど、どれくらいのお金を私のために使ったかは分かるでしょ」

「どうせ請求したって、彩夏のお金は弁護士に管理されてるんだから」

「ばかな嘘はもうやめて、聞いてる方が恥ずかしくなる。銀行に電話したら私の口座はまだ生きてたし、預金もちゃんとあった。逢衣が会社を辞めずに今でも働き続けてるのは立派だけど、資金面で言ったらやっぱり私の方があるから」

私が口を開きかけると彩夏が手で制した。

「遠慮じゃないの。逢衣に借りを作りたくないんだよ。全部やってもらってると思ったら、重くて気分が悪くなるから、自分のために払いたいの」

翌日、彩夏はあんなに嫌がっていた外出をしてまでお金を下ろしてきたようで、分厚い札束の入った封筒を私に渡した。受け取ることにすごく抵抗があったが、押し問答しても仕方ない。私はそのお金に一切手をつけずに机の引き出しにしまうことでしか抵抗できなかった。

彼女の冷めた態度がいつまでも私の胸を突き刺し続けた。彩夏はいま病気なんだ、私と話すのも疲れるのは当然じゃないか、こんなに苦しんでいる病人にお前は何を求めているんだ？　と自分を叱るのだが、私がちょっとでも愛情深い態度を表に出すと、すぐに無表情になって自分の内にこもる彩夏の態度が、比べるのもおかしいけど以前と違いすぎて、その度に私は強いパンチをまともに顔面にくらったみたいに衝撃を受けた。同時に昔の私は彩夏からの愛情を雨の滴りのように常に身体に浴びて、それが普通だと思っていたのだとも気づいた。

彩夏が好きすぎて苦しくて切なくて、みたいな感情は過ぎ去り、今は穏やかに相手を気遣う親族にも似た愛情に変化するかと思っていたが、本人を前にすると、やはり好きすぎて苦しくて切なくて戸惑っていた。こういう感情は時間を経てなだらかになるものだと思っていたのに、三十三になっても同じ熱さのまま継続するとは。しかも想いを抱えたまま誰と付き合うわけでもなく、彩夏といつかまた再会できる日を夢見て身体を引き締めていたりしたから、精神面だけでなく肉体面も最高潮を迎えていて、本当に持って行き場がない。

また、彼女が私と離れている期間、不特定多数の人間と寝たという話を忘れているわけではなく、むしろ残酷なほど一言一句彼女の言葉は頭のなかで再生され、不意に思い出しては、嫉妬して嫉妬して、嫉妬した。そんな夜を幾度も経たら、私の痕跡など彼女の身体の上には何一つ残っていないだろう。明らかに私はもう彼女の身体を所有していない。にも拘《かか》わらず彼女はこんなにも私の身体を支配している。

彩夏はたくさん持っていた綺麗な服やジュエリーも母親の家に越して来るときにほとんど処分したとかで、彼女は外出をしないからそれはまあ困らないものの、すべての季節を通して部屋着を三着しか持っていないのは少なすぎるから、二着ほど私が買い足した。履き口のゴムの緩い靴下や保温効果のある肌着も、着心地の良い綿の下着も持っていなかった。生活感溢れるアイテムが嫌いなのは知っていたけど、買い足して遠慮なく着せたり履かせたりした。いたわりアイテムに身を包まれた彩夏は不満そうだったが、やっぱり快適になったのか、寝ているときに首や下着の線や足首を搔かなくなった。

彩夏は以前の肌から揮発しているような精力的なオーラが消えて、彼女を内側から支えていた人並み外れた魅力を失っていた。その変化は体力の衰え以上だ。もちろん、以前一緒に住んでいたときにはあった、常に私にまとわりついていた彼女の意味ありげな視線も、少し強引な肉体の接触も、蠱惑的《こわくてき》な笑い声もかき消えていた。

私が何か世話を焼くときだけは、私たちは同じ部屋にいたが、それ以外はリビングか寝室で別々に過ごした。私が彼女の部屋へ入ると居心地悪そうに背を向けるからだ。廊下ですれ違うときは大概俯いているので、逆に私はよく観察することができるのだが、乱れた髪の毛の奥にある彼女の顔は、常に心ここにあらずの表情を浮かべていた。バスタオルを手渡して、聞こえるか聞こえないかくらいの声で〝ありがとう〟と言われ、洗濯物を一緒に洗うと申し出ると、まるで恥のように眉間に皺を寄せて〝自分で洗う〟と痛む身体で洗面台に立ち手洗いする姿を見せられ、会社から帰ってきたらベランダに立ち尽くしている彼女の後ろ姿を見つけて、思い詰めていたらどうしようと、近寄るための口実にあわてて持ってきたコートを肩にかけてやると、どこか捨て鉢な暗い眼差しに射貫かれる。

情けなさにさらに拍車をかけているのは、十五夜を過ぎたあとの秋風のような風情の彩夏に、まだ私が手を出したくてしょうがないところだった。投薬のせいで体重が増えたのかシルエットは変わったが、相変わらず嚙みつきたくなるような首、伏せがちになった暗い目、色を失った唇、鎮痛剤を打った注射痕の残る生白い腕、完全に弱って静かに呼吸する肉体、以前より少し低くなり奥ゆきが深くなった声、なにか一言発する前に必ず言うべきか吟味しているような、用心深い会話の雰囲気、私の視線への焼けつくような恥じらい、すぐにこちらを向くようになった背中。細かな彼女の変化が歯がゆさと共に雪崩《なだれ》となって押し寄せてくる。寝室でも、リビングでも、廊下の床の上でもどこでもいいから、無理やり押し倒してすべて奪えたらどれだけ良いか。

もし病気さえなければ私はとっくに溜まりに溜まった長年の想いを身体を使って彼女にぶつけていただろう。嫌がっても続けただろうし私は彼女に自分たちの関係を徹底的に思い出させる自信もあった。

抱きしめたかった。しかし少しでも触ると痛がる人に、日常のケア以外で接触するわけにはいかない。しかも私たちは今、付き合っていない。幸い私の介護スキルはこの数ヶ月でしっかりと身につき、私は理性を失わないためにお酒はどんなときも避けつつ、彼女にどれだけ無関心な態度を取られても顔色ひとつ変えず世話に徹した。

彼女と再び肌を合わせることを妄想しながらベッドに一人で横たわるとき、我ながら不可解すぎて可笑しくなった。街を歩いていて素敵だなと目に留めるのは未だに男性なのに、私のこの彩夏の身体に対する渇望は一体なんなのだろう。以前は男も女も関係ない、彼女だから好きになったんだと思っていたが、ここにきてそれが微妙に違うのに気づいた。彩夏の女としての肉体が、私は好きなのだ。なんの興味もなかったはずの同性の身体が、彼女だけは特別で格別に見える。以前は彼女も私に対してそうだったのは明白なのに。こんな寒い季節になっても、一緒に住んでいるのに、肩を寄せ合うことすらしないなんて。

ではこちらが誘惑するのはどうだろう。かつては惚れられた身なのだから、そういうのもアリなはずだ。お風呂に入る前、下着だけになって色っぽい表情を作って鏡の中の自分を見つめたが、唇を半開きにした、髪がぼさぼさの間抜けな女しか映っていなくてがっかりした。胸を寄せてみたり、普段より高い声を出してニコニコ笑ったり、または後ろから抱きしめてみたり、壁ドンして迫ってみたところで、彩夏に効果があるとは思えない。男の人と恋愛していたときには当然のようにかかっていたフィルターが、彩夏との間には無いから、媚《こび》はすべて見抜かれそうで恐い。

シャツをかぶり直すと玄関でランニングシューズを履き、ちょっとコンビニ行ってくると彩夏に声をかけたあと、外に出て夜の町の小川沿いを走った。お風呂に入る前に一汗流して、このモヤモヤも吹き飛ばしたい。防犯対策なのか、やけに狭い間隔で街灯の立っている細い道を、大きな歩幅の速いテンポで駆け抜けていく。左には一軒家が立ち並び、入浴中なのかシャンプーの香りが流れてきたり、テレビの音や子どもが泣き叫ぶ声が聞こえてきたりする。右にはフェンス越しに浅い川が流れていて、夜の闇に沈んだ水面《みなも》に街灯の明かりがところどころ映り込んでいる。息が上がってきて走り続ける脚だけでなく、軽く曲げた状態で固定していた腕までだるくなってきた。なんで走ろうなんて思ったんだろう、ちょっと休憩したいとも考えたが、できるだけ頭を真っ白にするよう努めながら、無理して走り続けていたら、少しずつ楽になってきた。ランニングハイに突入したわけではない、その一歩前の、ひとまず峠を越えた感覚。頭と身体は繋がっているけど実際は別々で、雑念さえ振り払えば身体はまだまだ軽やかに躍動するのだと気づく段階。冷たい夜気を吸い込んでちょっと痛くなった喉が、どんどん透明になってゆく。反対からやってくるランナーとすれ違う。相手は帽子をかぶってもう随分走り込んだあとなのかだいぶ疲れているようで、私たちは目も合わせない。

肉体の苦痛を乗り越えたあとは彩夏についての悩みが頭をよぎり、走るスピードが落ちたので、頭を振って考えないようにした。一つ振り払っても、将来の心配、会社での仕事の出来不出来、雑念が次々襲いかかってきて、何も考えないことの難しさを知る。走るリズムに合わせて揺れる視界に、遠くのビル群の上で光る円い月が映る。本物のランニングハイが訪れるまであと少し。あのボーナスステージにたどり着くと途端に肩の力が抜けて視界が広がり、気分がウキウキして、全世界が自分の味方だと思えてくる。いっそ月まで走っていっちゃおうか？ と本気で思えるくらい調子に乗れる。すべての苦痛が爽快感に切り替わるときにだけ、悩みから逃れられる。

免疫力と体力の低下、手足のしびれ、悪寒、発熱、筋肉痛、関節痛、抑鬱反応。彩夏の症状は身体全体に及んでいたが、彼女は泣き言も不満も言わずよく耐えていた。ここが痛いとかどこが痛いとか自己申告しないので、平気なのかなと思い普通に接していると、次第に言葉少なになり、よく見ると脂汗が額に、青筋がこめかみに浮かんでいる。そんなときは痛み止めを追加して私は彼女の部屋を出ていき、彼女が眠れるように努めた。彼女は未だにひどく苦しんでいる姿を私に見られるのを嫌がり、症状が悪化しているときほど私を部屋から追い出した。ちょっと風邪気味でも私に世話を焼いてもらいたがり、心配してもらいたがった以前の彩夏とは、まるで違う態度だ。痛みがあんまりひどいときは無理に堪えずに病院で痛み止めの注射を打ってもらうように医師からは勧められていたが、彩夏は病院嫌いと人目に自分をさらしたくないので、診察日以外に病院に行くぐらいなら堪える方を選んだ。

症状が始まったのはいつごろかと問うと、

「一年近く前かな。舞台挨拶でずっと立ちっぱなしの仕事が続いたときに、翌朝、脚が筋肉痛で重だるくなったんだけど、時間が経てば治ると思って放っておいたら、三日後には我慢できないほどの痛みに変わってて、これは普通の筋肉痛とは違うなって、やっと気づいた。しびれるような痛みが身体全体に広がってきて、痛み止めを打ったり飲んだりでなんとか凌《しの》いでたんだけど、ある日、朝目覚めるとベッドから起き上がれなくなってて、仕事をキャンセルした。そこからずっと、キャンセル続き」

ステロイド剤で十五キロ太ったと明かした彼女は、固い脂肪がついて丸く逞《たくま》しくなった肩を特に嘆き、絶対に必要なとき以外は鏡を見ようとしなかった。むしろ二十代のときは痩せすぎだから今ぐらいの方が良いと私が何度力説しても、彼女はただ首を横に振るのみだった。

「よっぽど忙しかったんだね。だってものすごい人気で世界じゅう飛び回ってたし、どこからあんな体力が湧いてくるんだろうって不思議になるほどだった。身体が壊れても全然不思議じゃない」

「仕事はいくら入ってもこなせる自信はあった。やってきた年月が長いからどうやれば疲れないか知ってるし、あちこち色んなとこに出向いて人前に立つのも好きな性質《たち》だし。倒れたのは逢衣と会えないのが辛いのに無理して忘れようとしてたからだよ。

いつもそうだった。私を一発のパンチで完全にノックアウトできるのは逢衣だけ。しかも一旦リングに沈み込んだら逢衣に手を貸してもらうまで起き上がれない。すごく情けない気分になる」

昔の私にはそれほどの影響力があったのか。では、今の私には？　訊きたいけど訊けない。

「沈むとこまで沈んだら、あとは這いあがるしかないでしょ。彩夏の復帰を待っている人はたくさんいるんだから」

「もう私の復帰を心待ちにしてる人なんて、いないよ。年齢も年齢だし、やめなくてもどうせこれからは人気が下がる一方だったと思うよ。頻繁な露出に支えられてただけで、世間の記憶に残るような代表作もないし。まあ事務所はあと三年は稼がせたかったみたいだけどね。野心だけはいつも人一倍だった私が、他の所属俳優たちの誰よりも先にくたばるなんて、事務所もあてが外れたよね」

彼女は客観的に自分を見ているように語ったが、実際はとても怯《おび》えていた。あんなにも内側から湧き出てくる自信に裏打ちされて輝いていた人が、今では人目を気にして、ほとんど一歩も外に出られなくなっている。

病気や闘病は美とは違う次元の出来事だ。不本意にも自分の身体が病に蝕《むしば》まれた場合、これまで享受してきた洗練や調和の取れた美しい世界からは一旦身を引いて、まずは健康に戻る努力から始めなければならない。しかし彩夏はその切り替えがどうしても上手くいかずに、相変わらずの厳しい美意識で自己を見つめていた。そうなると彼女の基準値を満たせないのは当然で、彼女はどんどん身体と喧嘩して、身体を叱咤し続けて、あげく見放す気持ちにすらなりかけている。

彼女の自分の身体に対する態度には、正直腹が立った。私には彼女の身体しかないというのに、早々に見捨てたり、粗末に扱わないで欲しい。

職場のデスクで色校《いろこう》をチェックしていたら、パソコンの画面が引《ひ》き攣《つ》れた。メンテナンスはしているものの、長年使っているこのパソコンは時々こういうことがある。フリーズではないが、マウスでカーソルが動かせなくなるほど、画面が激しく動くのだ。拡大したり縮小したりを繰り返し、本格的に壊れた、まだ文書を保存してないのに、と半泣きになったこともあったが、数秒経てば落ち着くと知った今では、作業の手を休めてのんびりと構えている。びくびくと乱れ続ける画面を見ていると、女の人が達くときみたいだな、と思った。そんなことを仕事中に考えている自分に引いた。

夕飯の食卓で、私はさわらの身をほぐして集め、彩夏の皿に取り分けた。

「骨は全部取ったつもりだけど、一応食べる前にちゃんと見てね」

「かいがいしいね。良い奥さんになれそう。ねえ逢衣は、なんで結婚しないの？　逢衣の夢は男の人と結婚して、三人子どもを持つことでしょ？　私のことに時間を費やして、今でも一人でいるなんて時間の無駄じゃない」

「何それ、どこから来た話？」

「自分で言ってたよ、まだ付き合う前にね。すごく心に響いたからはっきり覚えてる」

「言ったとしても、あれは昔の夢だよ。子どもの頃、お花屋さんになりたいとか、パイロットになりたいとか夢見たでしょ？　あれと同じように私にとって子ども三人は過去の夢、素敵な夢だったけどいま現在の私の願いとは違う」

私の今の夢は彩夏と共にずっと生き続けること。次の世代に繋ぐ命が無くても、彩夏と一緒に生きて今生《こんじょう》で命を使い果たすことができたら、それが私の一番の誇り。一人で盛り上がるなと言われそうで口に出せない言葉を噛みしめる。私は自分もさわらの身と炊きたてのご飯を口に運んだ。彩夏も箸でついばむようにしてちょっとずつ食べる。今の彩夏は淡泊な味の食べ物を好んだ。

「前にくれた手紙には、颯さんももうお父さんって書いてあったね」

「それがさ、久しぶりに会ったら二人めができてた。そうだ、琢磨さんも結婚して私と颯は結婚式にも参列したんだ。二人とも彩夏のこと心配してた。彩夏の近況が分かったら連絡する約束をしてたから、今は前よりは回復して私と一緒に暮らしてるって二人に連絡してもいい？」

「やめときなよ。哀れに思われるよ」

「そんなことないよ。二人とも私たちのこともう怒ってなかったよ」

「同情されるよ、特に颯さんには。私のせいでどれだけ逢衣が普通の道からはずれたかは、あの人が一番よく知ってるでしょ」

彩夏と別れてて、ほっとした、と言っていた颯を思い出した。

「私たち四人で会食したことあったでしょ。あのとき、逢衣と琢磨がトイレに行ってる間に、颯さんに言われたの。〝逢衣は彩夏さんを愛してない。あんたの情熱に押し切られて流されてるだけだ〟って。〝頼むから解放してやってくれ〟ってね」

「そんなやり取りがあったなんて、全然知らなかった」

「でも事務所で、私たちを別れさせようとしている人たちに四方八方囲まれて、逢衣はあのときに初めて私に自分から〝愛してる〟って言ってくれたね。嬉しかった、一生忘れないでおこうって心に誓った。でもだからこそ、私たちの関係はあれで終わったと思ってた。逢衣が最後にくれた私へのプレゼントだって」

私の口からこぼれたあと墜落して粉々になったと思っていた、あのときの〝愛してる〟を、彩夏はちゃんと受け止めてくれていた。

「どうして最後だなんて思うの。あのときの私、今は離れてもいつか必ずまた一緒になりたい、みたいなことしか言ってなかったでしょ」

「悪いけど、信じられなかったよ。私は逢衣の人生の方向を無理やり変えて、迷惑ばかりかけてきた。私とさえ出会わなければ、逢衣は家族に囲まれてもっと賑《にぎ》やかな人生を送れてたのに。颯さんの言った通り、私と離れたらすぐに正気に戻って、誰かまた、男の人を好きになるだろうって思ってた」

確かに私は私が彩夏をどれだけ愛しく思っているかを十分に伝えてこなかった。言葉にすると照れるのと、もっとずっと一緒に居られると思って油断していたのと、そして彩夏の深い愛情に甘えていたからだ。

最初の印象もあって、私は彩夏は自信が服を着て歩いているような人間だと思っていた。でも実は私に愛されていないと思い込んでいた。一方で私は彩夏の熱烈な愛情を四六時中受けて、それを栄養にして自分の心のうちで彼女への愛情を育んだ。彼女からの愛情を養分にしたからこそ、この長い年月も耐えられた。私はもっと早くに、彼女に存分な愛情を示すべきだったのだ。引き離される前にちゃんと、彼女を深く包みしっかりと身も心も抱きしめていれば、これほど長い空白は無かったのかもしれない。

「私は彩夏と付き合ってたときはもちろん、今でもあなたを愛してるよ」

「ありがとう。でも逢衣はまだ十分やり直せるよ。仕事でだって活躍できるし、どんどん偉くなれるし、今だって私が見とれるくらい綺麗だし、恋人もできて、赤ちゃんも産める。こんな使用済みの廃棄品の側にいる時間がもったいない」

「廃棄品ってなに!?」

「私はもう終わった人だよ。酷使されて故障して、ゴミとして捨てられた人」

「彩夏だって病気が治れば復帰できる。日常生活も、仕事も」

「私の居場所なんてもうある訳ないでしょ。あれだけ移り変わりの激しい世界で」

本気で言っているのが伝わってきた。これといって特技もなく、一度も他の人たちから注目される機会もなかった私が、これほど根拠のない自信に溢れているというのに、私より恵まれた人生を送ってきたはずの彼女が、なぜこんなにも自信を喪失してしまったのか。

「付き合ってくれてたときに逢衣が、私のことを本気で好きだったと分かっただけで、私はすごい幸せ」

「だから私のなかでは今でも付き合ってるんだって！」

病人には手荒な真似はできないと必死で抑えてきた感情が決壊して、彼女の腕を摑むのを止められない。

「逢衣は周りの人たちに普通じゃないって思われてもいいの？」

彩夏が痛みに顔をしかめながら問いかける。

「今さら何？　私は平気だよ。彩夏はどうなの？」

「私はもともと普通の家庭とか普通の生き方に憧れも興味も持ってなかったから。うちは小さい頃にパパが家を出ていって、家庭なんか最初から壊れていたし、そんなものに夢も憧れも持てなかった。ママの苦労とか荒んでいく様子も間近で見てたしね。それが関係あるのかないのかよく分からないけど、子どもがすごく欲しいかって訊かれれば、実はそうでもないんだ。相手が欲しい人なら産む気でいたけど、ほんとは出産は痛そうですごく恐い。

でも逢衣は違うでしょ。会ったことないけど普通の愛情深い両親に育てられて、颯さんみたいな健やかで明るい精神の持ち主と付き合って結婚まで考えてたんだから」

「過去にはね。でも今は彩夏しか考えられないよ」

「そんなに想ってくれてるんだったら、どうしてあのとき私の言い分を聞き入れてくれなかったの？　私だって生半可な気持ちで引退するって言ったわけじゃなかったのに。逢衣ほど大切な存在はなかったから、絶対に離れたくなかったのに、あっさり私のもとから去った。あのとき逢衣が素直に私の気持ちを承諾してくれていたら、私たちは七年の時間を別々に生きて無駄にする必要なんてなかったのに」

「その間に彩夏が残した仕事は素晴らしいものだったと思うよ」

「無理して頑張った結果、病気になっちゃった」

私は返す言葉もなく、口をつぐんだ。私の決死の覚悟はすべて間違っていたのかもしれない。独りよがりの考えを押し付けて、結局、彩夏にとんでもない苦労をかけた。私は自分を支えてきた背骨がそろそろ折れそうになっているのを感じた。

「ごめん。彩夏の言う通りかもしれない」

彼女はしばらく黙ったあと、口を開いた。

「でも一つだけ私が得たこともあった。逢衣は普通に男の人と恋愛して結婚してると思ってた。その方が正しいし自然な心の流れだって私は思ってた。でも逢衣は私を捜し出して戻ってきてくれて、私を支えてくれてる。最近やっと気づいたの。私が苦しかったのは逢衣を信じられない心の弱さのせいだったって」

「誰のせいでもない。私たちはできることを全力でやってきた」

「付き合ってた頃はまだ私たちは若かったから勢いでなんとかなった。でもこれからはどんどん生き方の針路も変わっていくし、後戻りもきかなくなるよ。私たちがまだ一緒に暮らしてるって他の人にばれたら、後ろ指さされ続けるだろうね」

「どれだけ真面目に、どれだけ世間の気に入るように生きたって〝普通〟に必要な条件は次から次へと出てきて、絶対に追いつけない。偉そうに生きるつもりもないけど、俯いて生きるつもりもない」

彩夏はため息をつき首を振ったが、顔には穏やかな笑みが浮かんでいた。

「誰も逢衣をからかえないね。そんな真っ直ぐな瞳で言われたら」

彩夏は食後に薬を飲む段になると憂鬱そうな顔をした。

「この薬を早くやめたい。副作用がひどくて食べてないのに太るから」

「でも飲んだら症状がましになるんでしょ。自己判断で服薬をやめたらだめだよ、ちゃんとお医者さんの指示に従って」

彩夏は手のひらの上の二錠の白く丸い薬をじっとりと眺めたあと口に放り込んだ。いつもなら薬が効いてきたタイミングで寝てしまうが、今夜は肘の痛みが治まらないと言うので、急ぎタクシーを呼び、病院へ行き痛み止めの注射を打ってもらった。彼女の病状が悪化したのは、正面から私たちのことを話題にして、負担をかけてしまったせいだろう。共に暮らしていると、彼女の病状が精神的な落ち着きまたは動揺と密接に関係しているのがよく分かる。たまにかつての事務所から病状伺いの電話がかかってきたり、過去の仕事の権利関係で再使用を承諾する等々、どうしても書類にサインをしなければならなかったりする日などは、彼女は顔色を悪くして寝込んでしまう。逆に、体調がまあまあのときは、しなくていいと言っているのに、私が仕事から帰ってくるとわざわざベッドから離れて、玄関の壁に寄りかかって出迎えてくれた。

「おかえり」

　ぼそりと呟く目が落ちくぼんだ生気のない表情に胸が締め付けられるが、帰ってきて彼女がいるのを確認すると、まず何よりも喜びの感情が先に来た。

　芸能の仕事をしていた頃、打ち合わせなどはホテルのレストランで済ますと決めていた彼女は、マネージャーの米原さん以外、うちに仕事の関係者を連れて来ることはなかった。にも拘わらず、彼女が毎日いかにたくさんの人を相手にしているか、帰ってきた彼女自身から伝わった。特に大勢の人に囲まれるような仕事を終えて帰ってくると、その人々の歓声や華やぎ、興奮の余波が、彼女の紅潮した頬を通して二人暮らしの部屋にも押し寄せた。

『今日は写真集のサイン会でいくつか都市を回って、新幹線で移動したんだけど、各所で結構待ち伏せされててね。新幹線に乗るときは荷物運搬用のエレベーターを使って、目的直前にホームに着いて素早く乗り込んだから誰にも気づかれずに済んだんだけど、目的駅に着くと情報を聞きつけたファンがホームに溢れてて、収拾がつかなくなってた。これはもう強行突破しかないってことで、ドアが開いた途端ガードの人に囲まれながら全速力で走ってホームを突破したの。私たちの後ろからファンが追いかけてきてね、後から聞いたけど皆が走って通過したせいで、改札機が機能してなかったって。大混乱で恐かったけど、すごくエキサイティングだった』

浮かされたように話す彼女は、大勢の人間の生霊《いきりょう》がまだくっついているのではないかと思うくらい、ざわざわした喧騒《けんそう》のオーラを纏っていた。今は等身大の孤独を纏った彼女と共にいる。

私たちの付き合いは第三者の手によって途中で引きさかれて扉は強制的に閉ざされ、続きも発展もなくなり、だからこそ愛の絶頂の完璧な状態で何年も保存されていたのだろう。仲違《なかたが》いも老いも打算も、付き合いが長くなればなるほど必ず出てくる問題だけれど、愛の劣化に立ち会う必要がなく、最高に輝いている思い出として何度でも記憶の棚から取り出して、なんで途切れてしまったんだと名残り惜しさと共に愛《め》でることができた。だから彩夏との恋愛は、私の過去の恋愛に比べて美化されている部分もあった。いま辛い現実が続くなかでこれを乗り越えないことには、私も彼女も本物のパートナーとは言えないだろう。

会社帰りに電車で携帯を見たら、彩夏の母親から着信が入っていて、駅に降りてからかけ直した。

「どうも、ご無沙汰してます。電話出られなくてすみません」

「あの子、どうしてる？」

「だいぶ回復してきてます。身体の症状も良くなって、痛みも減って、飲む薬の量も減ってきました。まだまだ油断できないけど、お医者さんも経過は良好と言っているみたいで」

「ふうん。またぶり返さないように、あんた上手くやってよ」

私はしゃべり続けたが途中で電話が既に切れているのに気づいた。電話があったことを彩夏に伝えようか迷ったが、私は彼女らの親子関係の複雑さを未だに把握できていなくて、刺激になり症状が再び悪化するのを危ぶんで、言わないでおくことにした。

彩夏は最近、ニコライ・カプースチンのピアノ曲をよく聴いている。ウクライナ生まれのこの作曲家兼ピアニストを私は以前は名前も知らず、プレーヤーの前を通ったときに出ていた表示でその人だと分かった。一体どういう経緯でこの曲に行き着いたのか私は彼女に訊けずじまいだ。その強く鋭く輝く刃物のようなピアノ曲は彩夏のごく個人的な思い出と密接に結びついているのかもしれない。

この曲が始まると、決して大音響で流れているわけではないその音楽に聞き耳を立てて、どんな作業をしていても結局感情をすべて持っていかれた。仕事の原稿を読んでいてもその目覚ましいザクザクした音が耳に入ると、文字が躍り出して目に映る。ひとところに留《とど》まれない性《さが》、刹那的で理知的な奔流、どれだけ素早く走っても光には追いつけないもどかしさ、発熱の爽快、割れ続けるガラス、生まれては消えていく天才的なひらめき、眩暈の恍惚《こうこつ》、命尽き果てるまで走り続ける最期。色んなイメージが音と共に去来して、行き所のない激情に苦しくなるほどだった。

私は彩夏に向かって「素敵な曲だね」と褒めることもなく、ひたすらただのBGMとして聴き流している態度を取った。彼の音楽は私の中にも大きな部分を占め始めていたが、もう少しの間は彩夏の個人的な音楽であって欲しい。彼女の内側の混沌《こんとん》と走り出していきそうな不安をこれほど正確に芸術に昇華させた音楽は他にないだろうから。


「髪、ずいぶん短くしたんだね」

入浴後の彩夏の髪を指で梳《す》いてドライヤーで乾かしながら私は呟いた。

「仕事を辞めた直後の、症状が一番ひどかったときは、髪の毛を切るのさえ痛かった。だからいくら髪が伸びても構わないように、一気に限界まで刈り込んだ」

もともと髪の毛を結ぶのが似合っていた彼女だが、ショートカットも顎から頬にかけての輪郭が綺麗なおかげでよく似合っていた。だけどそんな哀しい理由で断髪したとは思わなかった。次にヘアスタイルを変えるときはもっと前向きな理由であって欲しい。

「逢衣は相変わらずのボブだね」

「そう？　昔より二センチ長いところで切り揃えてるんだけど」

「そんな微妙な違い、分かんないよ」

「前髪も後ろの髪と長さを繋げた。大きな変化だと思うけど」

未だに自分の仕事内容に自信が持てない私は、少しでも自分を優秀そうに見せるために研究して今の髪型に落ち着いたのだが、残念ながらほとんど代わり映えしなかったようだ。私の髪を眺めていた彼女はため息をついた。

「髪型じゃなくて外見全体が、逢衣は時が止まってるみたい。ママの家で久しぶりに再会したとき、部屋に入ってきた逢衣を見て、あんまり変わらないから、最初幽霊かと思ったぐらいだったよ。年月が経っても変わらない顔立ちの持ち主なんだね。今の私と逢衣とを比べれば、同い年なのに私の方が十歳くらい老けて見える」

「そんなことない。二人とも年相応だよ」

彩夏は弱い水圧でならシャワーを浴びることができたが、湯船には、一度入るとかなり体力を消耗するので、入浴もシャワーも三日に一度ほどに留めて、入れない日は私が濡れタオルで清拭《せいしき》をした。その日も彼女の就寝前に身体を拭く時間になり、私はお湯の入ったバケツを床に置くと、タオルを浸し固く絞った。彩夏の希望で部屋の明かりは間接照明だけで薄暗くしてある。ベッドから移動して椅子に座った彩夏が部屋着のボタンを外すとまず彼女の白い首筋が現れ、次に背中がすべて露《あら》わになって、私は思わず顔を伏せた。私の様子に彩夏はわずかに笑った。

「ねえ逢衣、前から言おうと思ってたんだけどさ。今の自分がどれだけひどい状態かはよく分かってる。でも身体を拭いてもらうとき毎回顔を思いきり背けられるのは、さすがに傷つくんだけど」

　私はますます俯いた。見たくないからじゃなく、見たいからこそ、そっぽを向いてるなんて言えない。私にとっては今の彼女の身体の方が、以前より雑味というかノイズがあって好もしかった。前の彼女は、リアルに実在するのに、修整した写真を思い出させるくらい洗練され、人工的な力が極限まで及び過ぎていた。存在感はすごくあるのに背景が透けて見えそうなくらい薄い身体は、不安になる。歩んできた年月が分かるぐらいの方が良い。私と同じ年に生まれ落ちて同じ歳月を生き、やがて朽ちていく彩夏のしなやかな身体だからこそ、愛しく感じるのは、ナルシシズムの一種だろうか。まったく違う人間でありながらも、同性で同い年の彼女は鏡の中の自分でもあった。

「ごめん、そんなつもりじゃなかったけど、これから気をつける」

　彼女の裸を直視し、まず手と腕を拭き、胸お腹背中足と何度もタオルをすすぎながら優しく拭いた。太陽を直視したときくらいの刺激に、目の焦点がずれてきて、彼女の裸体が近づいたり遠ざかったりしたので、何度も瞬《まばた》きをくり返した。

　再会して思い知らされた。彼女といると私の身体は過激に反応する。普通に話している間も私は彼女との過去を思い出し、彼女が私にご飯を食べさせてもらうために開いた唇に、自分の舌を押し込む妄想を瞬時にしたり、着替えさせる度に露出する彼女の肌に自分の視線がくっついたりするのを自覚していた。彼女の首や肩の辺りから漂う、抗《あらが》い

がたい天然の香りを吸うのは危険だからこそ顔を背けていたのに、それまで禁止された

らまさに〝目のやり場に困る〟。

明るかった空が黄ばんで薄暗くなり、雨音が聞こえはじめて、私はキッチンの窓から外へ目をやった。私たちの部屋は五階だったので空がよく見えた。やがて絶え間なく稲妻が走り、激しく光ったときだけ雷の音が轟《とどろ》いたが、秋田《あきた》で味わったのよりずっと小規模で、電気の灯《とも》った明るい室内にいたので、彩夏も恐がらずにソファに座ったまま光る空を眺めていた。

私は蒸し器を買ったので、えびしゅうまいと翡翠《ひすい》しゅうまいと水晶餃子《ギョーザ》、雲呑《ワンタン》スープを作っていた。バットにクッキングシートを敷いて、形を整えたしゅうまいを列を作って並べていると、料理と手芸の狭間《はざま》のような手作業にすっかり夢中になった。水晶餃子のなめらかな曲線が出るように指を水で濡らしつつ形を整えた。分厚い半透明の皮の魅力は、丸っこいフォルムにある。

換気扇を点けていても音が聞こえるほど雨は激しくなっていた。雨音に包まれると、五階のような高い場所にいるのに、急に狭いところへ閉じ込められた気分になる。

「逢衣、知ってる？　雷が残す模様は枝を広げた木にそっくりなんだよ」

ソファに座っていた彩夏がそう言って振り向いたとき、彼女の瞳に生気が戻りつつあるのを見つけて、私は嬉しくなった。

薄紙を剝ぐように彩夏の体調は少しずつ良くなっていき、薬の量も段々減って来た。ベッドにずっと横たわっているのみだった彼女が、トイレへ行くのも一苦労だった彼女が、自分の足で立ち上がりリビングをぶらぶら歩いたりするのを見ると感動する。身体の回復は精神状態の回復と比例していた。心は目に見えないけど、傷を負えば肉体が傷ついたのと同じように弱るのだ。

「知らない。でも聞いただけで恐いね。火傷の痕ってこと？」

「うん、電流が走ったあとが火傷になって赤く残る。血管が浮き出たようにも見えるけれど、血流じゃなくて電流の痕なの。雷に打たれて亡くなったおじいちゃんのお葬式のときは棺《ひつぎ》のなかを見せてもらえなかったから、私大人になってからこっそり検索したんだよ。それで背中や胸に細かい枝をびっしり広げた木みたいな模様が浮かび上がってる人たちの写真をたくさん見た。人だけじゃなくて地面に刺さってる棒に落ちたときは、地面に木の模様が広がってた。なにかのメッセージみたいに」

「雷様のメッセージ？」

「うん。きっとそういう方法でしか言いたいことを伝えられない性質なんだよ、雷の神様は」

「なにを伝えたいの？」

「分からない。私たち人間とは表現が違うから、人類の文明が進化しても何億年経っても、メッセージは読み解けないの」

　なぜだろう、私たちが初めて出会った秋田でのあの雷の日のことを思い出そうとすると、あの日私が雷よけのために取り外してテーブルに置いた、シルバーのピアスを思い出す。すごく気に入っていたあのフープ形のピアスは、もう手元に無い。捨てたのか失《な》くしたのか、それさえ覚えていない。

「雷まで行くと恐いけど、私、身体に残ってる痕って結構好きなんだよね。なんかさ、上手く言えないけど〝その身体が何をして来たか〟が分かるのってすごいセクシーじゃない？」

「ん？」

　私の理解力が乏しいのか、それとも本当に彼女が上手く言えてないのか判別がつかなかったが、ぴんとこない。

「ええとね、例えば待ち合わせに来た人が汗をかいてたら〝ああ急いで走ってきたんだな〟って分かるでしょ。首元にキスマークがついてたら〝昨日恋人と逢ってたのかな〟って思うじゃない。肩紐《かたひも》ずらしたら見える水着の痕とかさ。で、身体が締まってたらワークアウト一生懸命やったのかなと思うでしょ。そういう身体に表れたマークでなんとなく察したり察せられたりするの、色っぽくない？」

彼女の話で思い出したのは、私たちが離ればなれになる前に、彼女が自分に傷痕を、一生消えない傷をつけてほしいと嘆願したことだった。あのときの気分を思い出して私の気持ちは沈んだが、彼女がそんな意図はまったくなく無邪気に意見を述べているだけだと分かっていたので、同じノリに合わせる。

「分かる気がするよ。靴擦れとか鼻についた眼鏡の痕とかもそうだよね」

「それ、ちょっと違う」

「あれ？　なんで？」

「だって全然セクシーじゃないでしょ」

「なんで？　同じ身体の痕なのに。あっ、今度こそ分かった。寝起きのときに口の横についてるヨダレの白い痕のことか」

「違う！　なんでそんな微妙なのばっかり選ぶの」

納得がいかない表情の彼女に、私は笑いながらシャツから伸びるすべらかな皮膚をした彼女の腕を盗み見た。あのとき彼女の言う通りに傷をつけなくて本当に良かった。もちろんいくら言われても実行する気はなかったけど、傷痕に頼るしかないくらいあのときの彩夏は絶望していたから、あの言葉は強く胸を打った。

彩夏はまたいつもの曲を流し始めた。部屋に浸透していくそのぎざぎざしたメロディに、私は雲呑の皮で肉を包みながら聞き耳を立てた。

「カプースチンのピアノ曲は雷と相性が良いね。同じくらい激しくて刹那的」

「激しすぎて、うるさくない？」

「ううん、好きだよ。気絶する前の眩暈って感じがする。あと明晰《めいせき》さ？　みたいな印象も受ける。一瞬のひらめきみたいな」

「さすが、逢衣の表現は賢そうだね。でも言ってること分かるな、激しくて、まくし立てられて、綺麗なピアノの音のなかで死んじゃいそうな、ね。じゃあゆっくり聴いてよ、私が料理代わるから」

　ソファから立ち上がった彩夏がキッチンまでやって来た。

「いいよ、作り置きするつもりで結構な量作っちゃって、まだ具を包むのも終わってないから。彩夏の方こそゆっくり聴いてなよ」

「私、嬉しいんだよ。私の好きな曲を逢衣が気に入ってくれて。私はある写真家に写真を撮ってもらっているときに彼がこの音楽を流してて、それからよく聴くようになったんだ。心を抉《えぐ》る音楽っていつどんなシチュエーションでも耳に入ってくるものなんだなって思ったの」

　勧められるままソファに座って止《や》まない雷鳴と墨色の空に走る稲光を眺めながら、水際を走っていくようなめざましいピアノ演奏に聴き入った。

蒸し上がった水晶餃子は、むっちりしすぎて市販品と違い形も不揃いだったけど、ほかほかと湯気を上げていて可愛い。赤い箸で雲呑スープを食べながら彩夏が呟く。

「仕事はね、本音を言うとすごく楽しかった。たくさんの人たちに熱烈に迎えられるのが、嬉しかった。短い時間だったけど、誰も見ることのできない景色を見られたと思ってる。でもここ何年か、もうどうなってもいいって何にも執着せずに生きてたのも事実。体調を崩してからは、痛みに殺されるならそれでいいや、って治す気もなかった。

体力的にも時間的にも、すべての仕事に全力で臨むことができなくなって、優先順位をつけてどの仕事に力を入れるか、自然とランクみたいなものが出来上がってきて、周りの一緒に働いてる人たちもそれが当然になってきて、なんか……。なんか消耗してるなって気づいたときにはもうだいぶ症状は進行してた。ちょっと休んだぐらいじゃ後戻りできないくらい」

「我を忘れて必死に働いてると、自分の身体の変化にも気づけないときってあるよね」

「会えなかった間、逢衣の顔はどんなときもいつも浮かんでたよ。誰よりも頼りたくない、でも同時に誰よりも頼りたい人だった」

「どうしたの、いきなり」

今日の彩夏は普段より私に心を開いて、素直に話しているように見えた。

「どうしたんだろう、自分でも分からない。雷を見て、私たちが出会った頃のことを思い出したからかな。今だから言うけど、病気になった私を訪ねて逢衣が初めて実家へやって来て帰ったあと、私、本気で死にたくなったよ。逢衣は私が一目で恋に落ちたときよりももっと素敵な大人になってて、これはもう相手にされないと思って。内面の深みが増してるのが表にも出てて、その上昔のままに私の好みのビジュアルだから、もう降参て感じ」

「そんなこと、全然表情に出てなかったね！　あのときの彩夏、悪魔祓《ばら》いする牧師より険しい顔してたよ」

「仕事柄、表情作るのは得意だから。逢衣は大人の落ち着きとか魅力を磨いていけるけど、私は若いときしか輝けない、年を取れば取るほど昔の栄光を忘れられない、わがまな人間になっていくだけ。若さと根拠のない自信だけで突っ走ってきて、見せかけだけで、本当はなんの実力もなかったの。

だから逢衣が若いときの思い出を引きずってても、今の私の現実を知ったら離れていくって思った。私たちの輪が重なるのは二十代のほんのいっときだけで、もし事務所に別れさせられなくても、終わりが来るのは目に見えてる。逢衣が自分の意思で去っていったら、今度こそちゃんとした別れになる。それが本当に恐かった」

時の流れというものを私は甘く見ていた。七年間の欠損はどうやっても埋められないほど私たちの間に黒く横たわっていた。しかし同時に忘れられない記憶の蓄積の大切さも知った。私たちには短かったが共に過ごした大切な、忘れられない日々の記憶がある。音楽でもただメロディだけを味わうより、好きな映画の主題歌だったりとか、またはその歌にまつわる個人的な思い出が付随している方が、いつまでも心に残る。これと似た原理で、私は今の彩夏と接する楽しみと同時に、過去の彩夏を思い出して、その変化や逆に変わっていないところを比較して楽しむことができた。昔の話をすることを彩夏はあまり好まないので、口には出さず頭のなかで思っているだけだったが、会えなかった空白を悔やむより、その自分のなかの蓄積に触れている方が、よほど心地よかった。やっぱり過去は、リアルタイムで増えてゆく思い出には勝てない。

彩夏は以前よりも確実に笑顔が増え、元気が戻ってきてよくしゃべるようになり、身体も急激に回復に向かった。

年明けに病院に定期検診へ出かけ、彼女は明るい表情で帰宅して私に血液検査の結果の用紙を見せた。

「見て、炎症反応の数値が平常値にかなり近づいたの。最近痛みがだいぶ軽くなってきた自覚があったけど、やっぱり治ってきてるんだね」

治る兆候が見え始めると、彼女は猛烈に自分磨きを始め、寝たきりで衰えた筋肉を復活させるために負担の少ない体操を始めたり、本を読んで研究したむくみを取る自己流マッサージをしたり、高級な基礎化粧品のラインを買い揃えてスキンケアに励んだりするなど、一気にやり始めた。そういう完璧主義なところが病気を呼び込んだのかもしれないから、ゆっくりで良いじゃないと私は言ったが、凝り性の彩夏は聞く耳を持たず、家にこもってほとんどの時間を体力や外見を取り戻すことに費やしていた。

家事も私に代わってやってくれるようになり、仕事から帰ると部屋はくまなく片付き、彼女の手作り料理が食卓を飾った。彼女はスーパーに行きたくないからと宅配の食材キットで調理していたが、なんだか物足りないと言い出し、おつかいを頼まれた私が会社帰りに大きな牛肉の塊などを買うようになった。

「外に出れそうな気がする」

私は彩夏の呟きを聞き逃さなかった。外の空気が吸えるほどには体力は十分回復しているのに、今までの彼女は通院以外は頑として外に出たがらなかった。一緒にコンビニへ行こう、ちょっとそこまで散歩しようと誘っても、人目があるからという理由で断る。誰も見てないよと言ってみても、誰も見てなくっても、こんな姿で外に出るくらいなら死んだ方がまし、と反論が返ってくる、そんなかっこつけの彼女がようやく外へ出る気になった。このチャンスは逃せない。

「よし！　行こう。そう思ったときが行動のしどきだよ」

「でも時間が遅すぎるね、十一時なんて」

「夜の方が人目が気にならなくていいよ。今の時間でも開いてる場所となると……そうだ、ホテルのバーに行かない？　一軒、一緒に行きたいとこがあって」

「うーん、ハードル高いな。あんまりお洒落《しやれ》な場所はまだ気後れするよ。行っても私はいまお酒も飲めないし」

「そう言えばそうだね。ごめん」

「〈おかもと〉に行きたいな、近いし、確か明け方までやってたでしょ。前に二人でここ住んでたとき、何回か食べに行ったよね。美味しかった」

懐かしい固有名詞に自分の顔が綻んだのが分かった。以前このマンションで暮らしていたころに、仕事を終えて深夜に彩夏が帰ってきて小腹が減っているときは、その明け方までやっている蕎麦屋《そばや》によく足を運んだ。

〈おかもと〉のカウンターで蕎麦湯を飲んでいる彩夏は、黒い大きめのパーカーのフード部分に首が埋もれて私の目には文句なく最強に可愛かった。二十五歳のときの彼女より目元に憂いが増した分、儚《はかな》げで魅力的なくらいだ。彩夏が今の自分の容姿に自信を失っているのなら、いっそそのまま自己評価を下げたままにして、私が随時慰めるという構図がずっと続いてもいいな……。

私が会計を済ませている間に、それまで普通に立っていた彩夏が突然前かがみになって、ふらっと店から出ていったので、財布をバッグにしまうとすぐ彼女の後を追った。外の道路に出た彼女は足元をふらつかせながら街路樹にしがみつき、そのままずるずると崩れ落ちた。

「どうしたの!?　具合でも悪くなった？」

彼女の背中を触ろうとすると彼女は短い叫び声を上げた。

「触らないで！　発作がぶり返して、脚が痛い」

激痛が走るのか、彩夏は眉根をきつく寄せて目をつぶっている。呼吸が浅くて顔色が真っ青だ。近頃はそこまで痛がっている様子を見ていなかったので、私はおろおろするばかりだ。

「救急車呼ぼうか」

「いいの、治まってきた。治まってきたんだけど」

彩夏は街路樹の根が埋まる土の上に完全に座り込んでいた。

「漏らした」

あまりの急激な痛みに彩夏の身体が耐えきれなかったのだろう。

「もう触っても大丈夫？　マンションまで運ぶ」

「うん」

私が彼女の腕を自分の肩に回して立ち上がろうとしたとき、蕎麦屋からサラリーマンとOLらしいグループが出てきて、そのうちの一人が私たちに向かって走ってきた。

「やっぱ当たり〜、荘田彩夏！　本物！　だから言っただろ、俺、人の顔を見分けるの得意なんだってば！」

大声で指差す彼に、仲間たちが酔っぱらい特有の大きな声で拍手と共に歓声を送った。

「あの、さっきそこの蕎麦屋のカウンターに居ましたよね!?　俺たちも居たんですよ、後ろの席でお二人を見て、あれ彩夏さんじゃないのって話してました！　蕎麦美味しかったすよね、僕らも飲んだあとのシメに蕎麦食べようって話になってあの店入ったけど、ついでに彩夏さんとも会えるなんて最高すぎました。確か、もう引退したんでしたっけ？　残念です、俺ファンだったのに」

私たちよりだいぶ若いサラリーマンが酔っぱらったろれつの回らない口調で私たちを追いかけてきた。彼が十分すぎるほど飲んでいるのは紅潮した顔や怪しい足取りから見てとれたし、一緒に飲んでいた仲間たちの囃《はや》し立てや歓声に煽《あお》られて、調子に乗ってしまっているのもよく分かったため、私は若い彼を制止するのを躊躇《ちゅうちょ》した。

「俺はカウンターにいるあなたが荘田彩夏じゃないかってこの連中に何度も言ったんですよ、でもあんな感じじゃないはずだなんて言ってみんな全然信じてくれなくて、でも俺絶対そうだと思ってて！　俺、人の顔を見分けるのが得意なんすよ」

「私たちそろそろ行くので」

いくらでもしゃべり続けそうな彼を制して私は彩夏の腕を担いで前へ進もうとしたが、バランスが取れず上手く進めない。

「彩夏さんダウンですか？　飲み過ぎですよ、こんなになるまで飲んじゃあ、俺らよりひどいじゃないですか。連れもお姉さんなんだしこの人運ぶの大変でしょ。なんなら俺、今からおぶって彩夏さんをおうちまで連れていってもいいですよ」

迷惑だからやめとけー、と幾分常識を持ち合わせた友達が彼に茶々を入れた。

「私でも大丈夫ですから。彩夏はほんと体調悪いんで、失礼します」

「そうですか、蕎麦屋では元気そうに見えたけどなんでですかね？　最後に握手してもらえませんか？　俺高校生のときに彩夏さんのドラマ観ててそのときからずっと憧れてたんですよ」

彼は強引に彩夏の前に自分の手を差し出し、私は苛立ちがピークに達して担いでいけないなら背負うしかないと、彩夏を背中におぶって前へ進もうとした。

「いい。握手してから行く」

彩夏が私の耳元で小声で言った。

「必要ないよ。ちょっと触られるだけで痛いんでしょ」

彩夏は私の言うことを聞かず、彼の差し出した手を握った。

「痛《いて》っ」

叫んだのは彩夏ではなく男の方だった。見ると彩夏は彼の手の指をこれでもかとばかりに強く握っている。男は自分から彩夏の手を振りほどいた。

「力強すぎっすよ！　痛いよ、ほら、赤くなってる」

「バイバイ」

彩夏は彼に手を振り、私は彼女を背負ったままゆっくりと歩き始めた。彼から離れたところで彩夏は痛みを我慢するトーンで息を吸いこんだ。

「手がしびれたまま元に戻らない」

「だから言ったのに。あんな奴《やつ》と握手する必要なんてなかった」

「だって口惜《くや》しいままで帰るのなんて癪《しゃく》じゃない」

タクシーに乗りたかったが、乗るくらいなら自分で歩くと彩夏が言い、彼女がタクシーに乗れない理由も私は分かっていたから自力で運ぶしか選択肢がなかった。

行きはすぐに感じられたマンションから蕎麦屋までの距離を、私は彼女を背負ってよろめきながら歩いた。身体は昔よりは鍛えたつもりでいたけど、ずり落ちそうになる彩夏の太腿を後ろ手で必死に摑みながら、植え込みの方へよろけたり、車よけのポールにぶつかったり、前につんのめりそうになったりしながら進んだ。私のコートのポケットにねじ込んだ彼女の靴は二度も地面へ転がり落ち、私はその度に彼女を一旦下ろして拾わなくてはならなかった。

冬の夜風は路上を進む私たちに容赦なく吹きつけ、手はかじかんで感覚がなくなった。私は鼻水が上唇に到達し口の中にも入ってきたが、拭く手段がないのでそのままにしておくしかなかった。彩夏も洟《はな》をすすっている。深夜の蕎麦屋はまだ時期尚早だったみたいだ。

ほぼ同身長の彼女は体重というよりその身体のサイズが背負いにくく、こんなときは自分が男の人のがっしりした背中や大きな手を持っていたらと思わずにはいられない。でも耳元で聞こえる彩夏の苦しげな吐息が私を奮い立たせた。結局もっとも大切なのは、どれほど逞しい背中を持っているかより、彩夏が困っているときはいつでも助けられる背中でいることだ。

「このマンション、事務所がいくつか部屋を借りてるんだよね？　裏口から入ろうか」

「大丈夫、この前調べたら事務所はとっくにここから撤退して、今はもっと新しいマンションを借りてた」

マンションに着くと風呂場へ直行し、私は彩夏の服を脱がせて彼女のショーツと身体の両方をシャワーで洗った。彩夏は風呂の床に座り込んだままぐったりしてされるがままの状態だ。状況が状況だけに、彼女の裸体にどきどきしている暇さえなかった。シャワーの流れる音が聞こえる。浴槽の縁には洗ったばかりの固く絞った彩夏のショーツが置いてある。

全身が綺麗になり状態がひとまず落ち着くと、彩夏は顔を伏せてすすり泣いた。

「シャワーだけじゃ寒いよね、あとでお風呂に入り直そうか」

「死にたい」

「そんな風に言わないで。上手く切り抜けられたじゃない。やっぱり私たちは二人でいれば、ピンチも乗り切れるよ」

彩夏をおぶっているとき男の人の手になりたいと願ったことを、努めて思い出さないようにして励ました。濡れた髪、濡れた顔で彩夏は大粒の涙を流している。

「もうだいぶ治ったと思ってたのに、あんなことになるなんて。やっぱり私は治らない、一生外出できないんだ」

声をかけても顔を歪めて泣き続け、悲しみはどんどん深くなってゆく。

「ごめんね私、逢衣にお世話になってばっかりで。さっき重かったでしょう」

「どうでもいい。この家を出ていくって言わないで。私から離れていくって言わないで」

私は彩夏の頬に唇をつけて伝う涙をそっと吸った。

携帯の着信音が鳴り、届いたメッセージを読んでいたら、

「誰から？」

彩夏に訊かれた。彼女と居るときに携帯が鳴ったことはもちろん何度もあったが、初めての質問だ。

「仕事で知り合った飲み仲間から、メッセージが入ってたの。今夜飲むから必ず来い！だって。急だよね」

「そっか。だからいま逢衣が携帯見ながらすごく優しい表情になったんだね。行ってきなよ、大切な友達なんでしょ」

「友達っていうか、愚痴を言い合う同僚かな。ほら、ストレスの多い業界だから、夜は飲んでクダを巻かなきゃやってられない、っていうかね。今夜はやめておくよ、もともと家で過ごすつもりでいたし、持ち帰った仕事も残ってるから。彩夏と、背中と肩のストレッチをやる予定もあるし」

「行ってきなって！　逢衣は遊ばなすぎ。久しぶりに友達に会うのも大事だよ」

「彩夏も全然遊ばないでしょ」

「私は体調崩してるからしょうがないけど、逢衣は元気なんだから、仕事と私の看病ばかりしてないで、たまには遊んできて」

本音を言うと、彩夏と一緒にいられる時間を少しでも減らしたくなくて、引っ越して

からは遊びや飲みの誘いはすべて断ってきた。仕事以外で家を空けて、帰ってきて彩夏がいなかったらどうしよう、という根拠のない恐怖も外出から気持ちを遠のかせた。

彩夏があんまり勧めるので、しぶしぶ支度をして夜になると家を出た。できる限り早く帰宅しようと心積りをしながら。

しかし、いつもの居酒屋で久しぶりに羽場さんと河野さんの顔を見ると、三人で過ごした時間がすぐよみがえってきて、思わず笑顔になった。誘えば必ずやって来た私が急に来なくなったから、二人はちょっといじけていた。

「最近は南里が全然飲み会に参加しなかったから、私たちさびしがってたんだよ。彼氏でもできたのかなって羽場さんと話しながら酒飲んでたんだけど」

「おい待てよ、南里のこの顔は、本当にできてるっぽいぞ！　なんか前より目が輝いてる。新鮮なイワシみたい」

「褒めてますか、それ」

乾杯もしないうちに二人が私の顔を覗き込んでくるから、私はとりあえずビールを一気飲みした。

「いえ、恋人は昔からいたんですが、その人が最近体調を崩したので、看病してたんです。だいぶ良くなってきたから、今日は来られました」

「恋人いたの!?　いままで一言も話題に出たことなかったから、南里はてっきりシングルだと思ってた！　ねえ、どんな人なの？　社内の人？」

河野さんの華やいだ声に、私は手酌で注いだビールの入ったグラスを手に持ったまま固まった。

大学生のときに友達数人と海へ遊びに行って、同じドミトリーに泊まっていた人たちと、宿の屋上で告白ゲームをしたときのことを思い出した。海外から来ていた旅人が一人交じっていて、彼はビールの空き瓶をルーレットにすると言い出し、輪になったみんなの中央で、勢いよく茶色い瓶を回した。中に残っていた少量のビールをまき散らしながら回転していた瓶は、ゆっくり速度を失い、私に注ぎ口の円い空洞を向けてぴたりと止まった。

羽場さんと河野さんは大人だから、無理に私の私生活について訊くつもりはないだろうし、今回だってむしろノロケる機会を私に与えてやったぐらいの気持ちでいるだろう。自分をさらけ出さず、人の打ち明け話を聞いているだけの人間が、どんな風につまらなく見え、どんな風に自然と距離を置かれるか、私はよく知っていた。

この二人には、彩夏のことを言ってしまってもいいかもしれない。二人ともさばけた性格だし、私たちのようなカップルがめずらしくない業界に身を置く人たちなのだから、理解もあるだろう。彼らが私と距離を置くなんて、到底考えられない。全部打ち明けて楽になった自分を想像しただけで、涙が出そうになる。

「別に、普通の人ですよ。職場は違います。長年の腐れ縁ですよ」

そんなに長く付き合ってるのに、なんで結婚しない？　看病するほど親しい仲なのに？　もしかして不倫？　など、二人の頭のなかには様々な疑問が浮かんだはずだが、彼らはそれ以上訊かずに和やかに次の話題へ移行した。おそらく私の態度に話したくないという意志を感じ取ったのだろう。気を遣ってくれている彼らに気づかないふりをして、私は一緒に笑いながら、申し訳ない気持ちでいっぱいになった。決して信用していないわけではないんだけれど、やすやすとは乗り越えられない壁が立ちはだかっている。一度打ち明けてしまえば、どこまでも話してしまいそうだ。彼らは同じ業界の人間だ。近しい人からリークされた過去をどうしても思い出してしまう。

彩夏は項の中ほどまで伸びたショートカットの髪に、パーマをかけて帰ってきた。手で押さえないと風が吹いただけでふわふわ広がっていきそうな柔らかいウェーブパーマだ。美容師が良いのか、もともとの髪質が良いのか、彩夏のオーダーが良いのか分からないけど、巻きのゆるやかなうねり具合も程よい艶も奥行きを感じさせるカラーリングも春らしくて、彼女によく似合っている。

「病気の間、ずっとパーマをかけたかったの？」

「ううん。髪型に特にこだわりはないんだけど、パーマっていう加工が加えられるほど回復した自分の身体が嬉しいの。病気して分かったのは、おしゃれって身体がよっぽど元気じゃないとできないことなんだなってこと。自分の身体がニュートラルなゼロよりだいぶマイナスのとき、プラスにするための化粧とかへアスタイルチェンジとかは、何光年も距離が離れてそうなほど遠い惑星の出来事みたいに思えたの。今ちょっとずつ自分が地球に戻って来られてほっとしてるし、実感を噛みしめたくて」

回復に伴って、彩夏が私を見つめる回数が多くなった。しかしかつての彼女のように自信満々に艶のある目つきでじろじろ眺めたり、私が視線に気づいても堂々と目くばせを送ってきたりするのとは違い、額に手をあてながら肘をついて腕の向こう側から見つめていたり、それに私が気づくとすぐ目線を逸らしたり、ソファに座って私がテレビを観ていると突然近寄ってきたりして背後に気配を感じるけど、触れて来ない。こちらに興味を示しながらも、どこか哀愁のある彼女の風情のせいで、会社よりも外よりも家に居るときが一番落ち着かないという訳の分からない状況に突入した。病状が重かったときは彩夏の身体を拭くなどの身体的な接触があったが、今では彼女は自分でできるし、おやすみなさいのあとは別々のベッドで眠るので、本当に指一本触れなくなってしまった。

なんとなく、もういいのかな、という気配を感じなくもなかったが、私からは手を出せない。そんな目で見ていないと自分をなだめるのも限界があった。仕方なく〃彩夏が水を飲んでいる姿はエッチだなあ〃などと思いながら日常を過ごした。映画などで、運動した後、男女がシャツの袖をまくり上げて水などを口からちょっと零《こぼ》しながら飲んでいるようなセクシーなシーンを見かけるが、あんなハードルの高いものではなく、彩夏がテレビを観ながらミネラルウォーターを飲んでいるだけで、または食事中ご飯と一緒にお茶を飲んでいるだけで〃今日も良いモノが見られた〃と思えるよう自らを訓練した。私の好きな白く細い、まさに急所といった雰囲気の彩夏の喉が微かに動いて飲み下す瞬間を、さりげなくしかし絶対に見逃さず脳裡に刻み、ベッドまで持っていって眠る。慣れとは恐ろしいもので、喉だけでなくついでにコップについた唇の柔らかそうな痕もセットで享受すると、なかなか満たされるようになってきた。

休日。土曜日は彩夏とたまに出歩けるようになったが、日曜日は疲れを取るため二人とも部屋で過ごすことが多い。今日も明日から始まる出勤の日々に備えてゆっくりしたかったけど、持ち帰りの仕事があったから、昼御飯のあと机に向かった。

パソコンを起動すると、立て膝で回転椅子に座り、音楽を聴きながら仕事を始めた。開けっ放しの窓からは時折風が入ってきて、人々の暮らしが広がっているはずの下の世界は、住人みんながお昼寝をしているかのような静けさで、窓の半分以上を占める空の方が、よほど雄弁な鮮やかな青色をしている。午後になり急上昇した室内温度に鼓舞されて、キーを叩く私の指はいつもより軽やかだ。

ダイニングテーブルでのんびり炒飯《チャーハン》を食べていたはずの彩夏が近寄ってきて、私のヘッドホンのジャックをパソコンから抜いた。

「暑い。そろそろクーラーをつけよう」

限界まで薄着になった彼女は、上半身はタンクトップしか着ていない。丸く開いた襟ぐりと簡素な白のコットンの布地が、彼女の健康的な身体と、どこか影のある内面との、アンバランスな魅力を際立たせている。

「これぐらいなら我慢できるでしょ」

「えー、へばっちゃうくらい暑いよ。ちょっと動いただけで汗かいちゃう。てか、なんで我慢しなきゃならないの」

本当だ、なぜ我慢しなくちゃいけないんだろう。初めてクーラーをつけるときは、なぜかきまって罪悪感を覚える。毎年。一度つけてしまえば、流れてくる冷気の清涼さに癒やされるのに。ただでさえ暑い街へ、熱い空気を室外機から送り込みたくないのはもちろんだけど、もっと原始的な、遂《つい》に夏についていけなくなった自分を恥じるような感覚がある。

「これ、なんて曲？　歌詞英語だね」

手で顔をあおぎながら、パソコンから流れてくる音楽に彩夏が耳を澄ます。

男女のデュオが歌うその曲を、私はリピート再生で何度も聴いていた。

「もの哀しい曲だね」

「そう？　君と恋に落ちてラッキーだった、いつかまた必ず会いに行くよ、っていう、明るい歌詞なんだけどね」

「『Lucky』」

彩夏は再び聴き入って無言になり、パソコン再生での音質の悪さが気になった私は、良いスピーカーで聴くともっと素敵な曲なんだけどね、と歌っている二人を庇《かば》いたくなった。妙に居心地が悪い。個人的な曲だから、ヘッドホンで一人で聴くくらいがちょうど良い。有名で世界じゅうの人たちが聴いていると知っていても、私にとっては自分だけに呼び掛けてくる、内面の繊細な襞《ひだ》にふれる歌だからだ。

「温かい声をしているね」

彩夏は静かな声音で呟き、サビを鼻唄で歌いながら、ふらふらとリビングへ戻った。私はヘッドホンでまた音楽を聴きながら、クーラーの冷気がこちらの部屋まで流れてくるのを、仕事しつつも、二の腕の皮膚感覚を鋭敏にさせながら待った。でも部屋の温度は結局いつまでも暑いままだった。

七月、彩夏の三十四歳の誕生日を、私はケーキと自作の料理で祝った。彼女はクランベリーやブルーベリー、苺《いちご》で彩られたピスタチオクリームのショートケーキの上のろうそくを吹き消すと、複雑な笑顔を見せた。

「ありがとう。もう誕生日が嬉しい年齢じゃないけど」

「これから誕生日を迎える度にそんなこと言う気？」

「逢衣はそう言うけど、これでもましになったんだよ！　十九のときは白髪を見つけた時点で自殺しようってほんとに思ってたんだから。でも病気が考え方の転換点になったの。全身がガッチガチに固まった、痛みのピークだった夜があったの。あのとき二十代の自分が正式に死んだと思う。私はそんな風にしか時の流れと添えなかった。逆らわずに納得するためには自分の身体に教えてもらわなきゃいけなかった」

　私が渡した、細長いプレゼントの箱のピンク色のリボンを解くと、中からは持ち手の太いメイクブラシが出てきた。

「これで化粧しろってこと？」

「忘れたの？　それはもともと彩夏が注文したものだよ」

　彼女はけげんな顔になり、ブラシを色んな方向から眺めていたが、

「もしかして私が逢衣に使おうと思ってネットで買ったのがこれ？　配達員がタイムマシンにでも乗ったの？」

「ごめん、私がずっと隠し持ってた」

彼女は大声で笑った。私の大好きな彼女のちょっとけばけばしい野卑な笑い声が、かつても共に暮らしたこのマンションで再び鳴り響く日が来るとは。

「実はちゃんとすぐに家に届いてたけど、私が受け取ったから隠してたの。彩夏に見つからないように」

「届いてたんだ、懐かしい。てか私、確か化粧品会社の通販部門にクレームの電話入れたよ。頼んだのに届いてないんですけど！　って」

彩夏はブラシの柄を親指と人差し指でつまみ、ぷらぷらさせた。

「で、どうしてこれを今さらくれるわけ？　使ってもいいってこと？」

「懐かしいなと思って渡しただけで、別に深い意味はないよ。メイクブラシとして生まれてきたんだから、メイクブラシとして使ってやって。そうだ、あとこれ」

私は本命のプレゼントの方のカットソーが入ったショップ袋を押しつけた。彼女は白いカットソーに喜んで袖を通したが、着てしまうと再びメイクブラシを手に取った。

「私も少しは大人になったから分かるよ。昔、逢衣が言ったように、確かにこれは必要なかった」

「本来の方法で使ってあげたら。質の良い品だと思うよ」

「そうだね」

彩夏は微笑んでブラシをテーブルの上に置くと私の頬に唇をつけた。彼女の方から口づけされたのは再会してから初めてだったので、私は驚いて彼女を見つめた。

「誕生日には、私はどんなプレゼントより逢衣が欲しい」

彼女の申し出に心が躍りかけたが自制を働かせた。私が過ぎ去りし日のメイクブラシなんかプレゼントで渡してしまったせいで、気を遣っている可能性も否定できない。

「無理しなくていいよ、それこそ彩夏の誕生日なんだから、自分の一番したいことをして今日を過ごした方が良い」

彩夏が私の耳元に口を寄せ、囁いた。

「それがいま一番したいことだよ。でも病み上がりで久しぶりだからいまいち自信がないんだ。リードしてくれると嬉しいな」

「身体が不調で余裕がなかったのも原因としてはもちろんあるけど」

彼女は伏し目がちに話し始めた。言葉では伝えにくい部分があるのか、それとも単純に言いたくないのか、手がもどかしそうに動いている。

「それ以上に、今の私は逢衣に相応しくないなと思って避けてた」

単純な言葉だったけど私の怒りに火をつけるには十分で、自分の目が尖っていくのを止められなかった。

「はあ？　なんでそんな風に考えるわけ？」

「でもそりゃそうでしょ、気後れもするよ！　こっちは病み上がり丸出しなのに、逢衣は出会った頃より良くなってるんだもん。見た目も精神年齢も違ってきちゃって、どっちの魅力もない私には、逢衣と、できる勇気なんてないよ。それでも時々は、逢衣が仕事に行ってる間に逢衣の服を着たり、逢衣のベッドで寝たりしてたよ。見つかったら絶対に気持ち悪がられると思ったから、消臭とか自分の髪の毛は拾ったりとか、証拠隠滅は徹底的にやったけど」

　こっそり私の布団にくるまる彩夏を想像したら可愛くて仕方なかったが、まだ先程の怒りは収まっていなくて、声が甲高くなった。

「それは嬉しいけど彩夏、結局あなたはナルシストすぎるんだよ！　一緒に住もうって誘っていつでも愛情を見せてきた私に対して〝相応しくないなと思った〟はないでしょう。絶対嘘だね。私の気持ちが自分に向いてるのは知ってて、それでも単に自分が完全じゃない状態で私と向き合うのが嫌だから避けてただけでしょ」

「だから違うってば！　逢衣は身体が弱った人間がどれだけ自信をなくすか知らないんだよ！　健康体の逢衣が、それこそもう光ってるみたいに眩《まぶ》しく見えるんだよ。夜ベッドで熱いタオルで身体を拭いてくれたりしたときさ、どれだけこのまま優しく抱きしめられて、身体じゅうにキスしてもらえたら幸せだろうって、心のなかでずっと思ってたよ。そしたら身体じゅうの痛みが消えるんじゃないかと思うくらい、恋しかった。でもタオル越しじゃなくて直に触れられるなんて、考えただけで恐かったよ。身体の形がだいぶ変わっちゃったのがばれると思って」

許してほしいと言うように私の胸に頭を預けて上目遣いで見つめてくる彼女に、私は恨めしい視線を返したが、彼女はふてぶてしくも甘い囁きを返した。

「同じ家に住んでるのに随分気持ちがすれ違っちゃってたね、私たち。でも今なら大丈夫だよ、私はいつでも逢衣を受け入れる準備ができているから……」

「彩夏は今の自分はだいぶレベル高いと思ってるかもしれないけどね、正直今も病気だったときも、そんなに見た目に変わりはないよ！」

私の頬を両の手のひらで包み、自信たっぷりに顔を近づけてきた彩夏にそう言ってやると、すごく分かりやすく顔色が変わったので、私は笑い声を上げながらソファから立ち上がった。

ありえないと思ってたのに！　私の胸はようやく心ゆくまで彩夏に触れられる喜びに高鳴った、にも拘わらず彼女を後ろから抱きしめた私の手は、ぎこちなく彼女の腕をさするだけで上手く動いてくれなかった。以前は始まるとき常に彩夏がイニシアチブを取ってくれたのと、水で喉を潤す彼女の姿を見るだけで満足するように訓練してきた私にとって、身体同士の触れ合いは刺激が強すぎるのとで、身体は徐々に緊張に支配されて硬くなった。千載一遇の機会を逃したくないし、ようやく私を誘ってくれるほどに回復した彩夏の心と自信を傷つけたくもない。私は彼女の背中を支えながらゆっくりと優しくベッドに横たわらせた。

彩夏はまったく動揺せず、澄んだ信頼しきった瞳で私を見上げている。微笑みを浮かべた口の端はまるで寝かしつけてくれる親を見上げているときの幼い子どものように無邪気で、これから自分が彼女にすることを考えると罪悪感さえ湧いてくる。

彼女の上に覆いかぶさり、頰や髪を指で撫でながら見つめ合っていると、彼女がうっすらと微笑みながら心もち顎をあげて頭を浮かせた。小さなサインを見逃さなかった私はそのまま彼女に口づけして次第に舌を深く絡めた。顎をしっかり上向けて喉元を最大限伸ばして私の唇を一心に受け止める彩夏は、真っ直ぐな緑の茎と真っ白な襟に似た苞《ほう》を持つカラーの花のように咲いていた。

久しぶりの深い口づけに襲ってきた感覚は熱い欲望でも深い愛情でも懐かしさでもなく、圧倒的な緊張だった。夢にまで見た彼女の舌の感覚を再び味わえれば、すぐ夢中になって我を忘れるだろうと信じて疑わなかった私は、自分の心の変化に戸惑った。

どういうことだろう、これは？　息もできないほどひどく緊張している。空白の八年の間に私は口づけの方法もほとんど忘れていて、不器用に彼女の舌に自分の舌をぶつけていた。もともとベッドでイニシアチブを取ったことのない私にとって、今夜の役割は今まで経験したベッドの上での最難関であることは間違いなかった。心の準備が全然整っていない。

動揺を隠すために私がとりあえず彩夏の上着を脱がそうとすると、彼女は手で制した。

「ちょっと待って、電気消してもいいかな、明るい場所だと恥ずかしい。もう年だから」

「同い年の同性にそれを言うかな」

彩夏を鼓舞するためにも私は明るいライトの下で部屋着のTシャツと下のスウェットを脱ぎ、ブラもショーツもすべて脱いで一糸まとわぬ姿になった。家じゅうの照明のスイッチを入れて身体の隅々まで照らし出されても私は恥ずかしくなかった。それは私が見られても恥ずかしくないほどの身体をしているということではなく、私が彩夏の前で裸になりたいと待ち続けて、今ようやくその夢が叶ったからだ。彼女の腕を取るとお互いの腕が直に触れ合った。もうそれだけでも私には大変な刺激だった。

「鍛えてたの？　お腹引き締まってるね！」

彼女の指が、ものめずらしげに私の腹をなでる。

「うん、彩夏に会えない間、趣味が筋トレになってたから」

自分の身体に耽《ふけ》るしかなかった日々は決して明るくはなかったが、しかし前よりはやや健やかになった身体つきは、すっきりして見えた。身体と心は連動してはいるが、かけ離れてもいる。どちらかが苦しくても、努力で片方を補完することもできる。

私のウエストに触れた彩夏の手はとても熱かった。

「本当に逢衣の身体は他の誰にも見せたくない。プールにも温泉にも行ってほしくないくらい。こんな風に爽やかなのに色気のある身体、私はどれだけ見ても見足りない」

「それを言うなら、ずっと私は彩夏に触れたくて仕方がなかった。だって私の最愛の彩夏が目の前にまた現れたんだから、禁止されてた分、想いが募ってよだれが垂れそうになるのは当たり前だよ。他のどんな魅力的な肉体が目の前に差し出されても、私はこんな気持ちにならない。彩夏だからこそだよ」

「そういうもの？」

「そういうものだよ」

そう、なんにも不思議じゃない。この世界に、あなたと私がいるだけ。私はいま、彩夏と共に真っ白なゼロ地点にいる。これまでの彼女との歴史をすべて両手いっぱいに抱えたまま、私と彩夏は足並みをそろえて新しい道に踏み出そうとしている。

しかし私は苦戦した。結局彩夏の要望通り部屋の電気を薄暗くしたあと、彼女の服と下着をすべて脱がせて精いっぱい情熱的に抱きしめたが、こわばりの抜けない彼女の身体が息をひそめて私の腕のなかで緊張しているのを感じ、また離れた。身体の中枢は熱いのに、末端は冷えきっている。彩夏は診察台で歯医者に虫歯を探られている患者みたいな顔で寝そべっている。このままでは何時間まさぐり合っても意味が無い。

「なんでそんなに身体を硬くしてるの？」

「ごめん。急に身体が痛みだしたらどうしようって思っちゃって」

裸の彼女の上に乗ると、幾千もの部位で構成された彼女の身体がその緻密さゆえに、日本地図に跨《また》がっているくらい広く感じられた。一体どこを触れば彼女の緊張をほぐせるのか、私を受け入れても良いと思えるほど気持ち良くさせられるのかが分からず、くじけそうになる。八年前はあれほど自然にできた愛情の動きが、どこをどう間違ったか一つも思い出せない。

ぎこちない重なりあい、特にお互い脚の動きがあまり良くなく、開いてもすぐ閉じてゆく。彩夏の身体は痛みに怯えて板のように弾力性がなく、私が上に重なっても二本の丸太を四本の鎖で無理やり縛りつけている様相で、私の欲情の嵐もどんどん凪《な》いでいき、ただただ真剣なだけだ。

身体を合わせてみて確かに彩夏がこの瞬間が訪れることを恐れ、別れたいと思うほど尻込みした理由が理解できた。彩夏も私以上に真剣な、情欲とは無縁の顔をして汗をかいていた。

「なんか下手になっててごめん」

「そうかな。私の記憶では逢衣は昔からこんな風だったと思うけど。自分のこと上手とでも思ってた？」

「ひど！」

私が叩く真似をすると彼女は声を上げて笑った。軽口によって私たちは少し生気を取り戻し、身体に温かみが戻ってきて再開した。彼女が吐息を漏らす度、喘ぐ度に、痛いから声をだしているのではと気になって、私の動きはぎこちなくなる。身体と身体が上手く組み合わさるためには、絡み合うお互いの柔軟性が必要なのに、それがない。欲望の燃料が足りないわけでは決してないのに。

一時間経ってもお互い相手の愛撫《あいぶ》を受ける準備すら整っていない状況で、私は観念して彼女を促した。

「今日はこの辺でやめておこうか。誕生日なのにごめんね。徐々に慣れて次はもっと上手くいくだろうからチャンスを下さい」

彩夏は私の言葉には答えずに身体にシーツを巻きつけると、ベッドのヘッドライトで私の身体を照らした。

「逢衣のここ、変わってないね。久しぶり」

彩夏は私の腰骨の上にある白斑を、人差し指と中指でなぞった。

「逢衣のこの白いトコ、すごくセクシーだね。生まれつきなの？」

「うん、赤ちゃんの頃からあったみたい」

彩夏に褒められると大概は嬉しいけど、これは別だ。白斑は私の外見上の一番のコンプレックスで、普段は見えないが、水着を着たときや偶然シャツの裾が捲《めく》れ上がったとき、更衣室や温泉で、私の白い痕が現れると、『それなに？』と必ずと言っていいほど訊かれた。たなびく雲のように細長く広範囲に腰から脇腹まで、皮膚の表面が白く煙っているので、ビキニタイプの水着は着られない。年と共に身体じゅうに広がっていく人もいるということで、思春期には毎日鏡で白斑の範囲をチェックした。真っ白というよりところどころピンク色がかっていて、漂白剤で洗うときに失敗したようにまだらだったが、今のところ変化は無い。

「私にとっては恐ろしい印だよ。どんどん広がっていったらどうしようって今でもちょっと怯えてる」

「先天性で広がっていくことなんてあるの？」

「分からない。私が見たところ子どもの頃から範囲は広がってないけど、恐いのもあってあまりこの症状については調べてないから」

「じゃあ逢衣には悪いけど、私は本当にここが好き、逢衣の身体にある草原みたい」

「もっと草原ぽいのがすぐ下にあるでしょうが」

「もう、違うよ、毛とか、見たまんまのことを言ってるわけじゃない。心の目で見てるんだよ。この白い地帯は風吹く静かな草原なの。安らげて、日だまりで、昼寝を何時間でもできそうな。私はここに住みたいくらい好き」

穏やかな彼女の声と優しいタッチで触れてくる指は、私の白斑への恐れを和らげた。

まだ十時にもなっていない、普段の就寝時間よりだいぶ早い時間帯だけど、部屋の薄暗さもあって瞼《まぶた》が落ちてゆくのを止められない。彩夏もいつの間にか指の動きを止め私の腰の横で目を閉じて眠っていた。私は枕元のライトを消して身体の位置を下へずらしてシーツと肌掛けのなかに入り込み、彩夏の額に自分の額をくっつけるようにして裸のまま眠った。

目を覚ますとまだ夜で、私は早すぎる時間帯に眠ってしまったときに、夜の昼寝みたいに中途半端な深夜に目を覚ますことがよくあったことを思い出した。生活のリズムが崩れると日中が辛いからもう一度寝てしまおうと無理やり目をつぶったが、どんどん微睡みが覚醒へと変化してゆく。

ふとある考えを思いついて枕元のデジタル時計を見た。暗闇のなか光る文字は23：52を示しており、それはまだぎりぎり今日が彩夏の誕生日だということを示していた。

眠ったことによって暗闇に目が慣れた私は、窓のカーテンの向こうからの外のぼんやりした明るみだけで、隣で枕に頭を乗せて眠っている人の顔を眺めることができた。彼女の顔にかかっている髪の毛の細い束を指で分ける。これまでの日常と、これはどう違うのか自分でも区別はつかなかった。私は身体を移動させると彼女の上へ再び裸で跨がった。

軽く口を開けて安心しきった表情で眠っている彼女を見下ろすと、改めて愛しい気持ちが湧き起こった。この顔が人懐こく目を細めて子どものような顔で笑ったり、殺気を感じるほど火のように凄みをきかせて怒ったり、慈しみ気遣った表情で私を慰めたりするのを、すぐ近くで見てきた。そして欲情に赤く染まる、私のことが欲しくてたまらない表情の瞳も。あの瞳をもう一度取り返したい。

しがみつくように抱きしめると、まだほとんど眠っている状態のまま、彼女が腕を巻きつけて抱きしめ返す。相手の刻む心音のリズムを直接胸の真ん中に耳を当てて聞いていると、自分の呼吸も穏やかになり、安心感を得られる。他の何物にも代えられない類の深い充足感が身体を奥底まで満たして、同時に不埒《ふらち》に熱くなる。安心して満たされきる前に次がもう始まっている。ただ抱きしめ合うだけじゃ終われない。

彼女に顔を近づけようと前かがみになったが、間近の地点で迷いが生じて一瞬止まった。さっきのように、すべてが上手くいかなかったらどうしよう。しかし部屋は静かで薄暗く彩夏は眠っていて、私を緊張させるものは何もなく、私は自分が欲望に忠実に動ける予感がしていた。寝込みを襲うという卑劣で古典的な方法が人にどれだけ勇気を与えるかを初めて知った。私は目をつむり、彩夏に自分がしたいと思っていた通りの口づけをした。

彼女の唇は柔らかく、温かくぐったりとして、持ち主と同じように深く眠っていたが、私の舌が口内に侵入して中で動くと、ある瞬間を境にはっきりと自分の意志を持って彼女の舌も動き出した。強く絡めて吸われて覚醒した彩夏が薄く目を開けてこちらを見ているのに気づく。その瞳には驚きの光が含まれている。私も負けじと彼女の舌を強く吸い唇も動かして彼女の上唇を軽く噛む。

私の行動をいち早く理解した彼女はイニシアチブを取りたがって、私をベッドに押し倒そうと腕に力を込めたが、私はそれを封じ込めて、代わりに彼女の首元の左右に口づけた。鎖骨から胸、腹のみぞおち辺り、臍《へそ》、下腹部へと、唇を下へ下へ移動させる。

「ねえ、逢衣って私と離れている間、どんな人と付き合ってたの?」

暗闇で彩夏が囁く。ぎょっとして私は熱い息のまま、すべての動きを止めた。

「男だったらまだ良いけど、女だったらちょっと妬《や》けるな」

「何それ。誰とも付き合ってないよ」

私はぶっきらぼうに言った。離れている間に私と彩夏の経験の差がかなり開いたのは、彩夏の告白により十分よく知っている。

「え、二十代三十代の一番良い時期に、ずっとフリーだったの? 七年間だよ!? でもそういうことする相手はいたよね？」

「いないよ、前言ったように私はずっと彩夏と付き合ってると思ってたんだから。もういいでしょ、この話は」

彩夏は幸せそうに高笑いして抱きついてきた。

「私の愛しい女の子はなんで性格もそんなに可愛いの!?　誰に見張られてたわけでもないんだから、ちょっとぐらい遊びに行けばいいじゃない！」

私はむかむかして彼女の手を振り払った。

「あんたとは違うから、遊びで人とは寝られない」

「実は私も誰とも寝てませんでした！　仕事で忙しすぎて人の目もあるのに、とっかえひっかえなんてあるわけないでしょ！　売春斡旋《あっせん》みたいなこと、一体誰に頼めるっていうのよ！」

彩夏の後頭部を思い切りはたいた。

「いったーい！　叩くことないじゃない！」

「叩かれて当然でしょ！　なんでそんな馬鹿な嘘を吐くわけ！」

「私じゃなくて事務所の言うことを聞いた逢衣に、ずっとずっと怒ってたからだよ！　でも嘘だったから良いじゃん、誰と寝たわけでもないことが分かったんだから喜んでも良いんじゃない」

「馬鹿！　あれ聞いたとき私がどれだけ苦しかったか分かってるの」

「ごめん。でもそんなに苦しんでくれたなんて、愛を実感できて嬉しいな。その苦しみを覆い尽くすほど、これから一生をかけて深く永く愛するからね」

彩夏は私を情熱的に抱きしめたが、私はまだ怒りが収まらず、彼女を乱暴に押し倒すとシーツを引っかぶり、さらに下へと素早くあとずさって股の間に陣取った。動揺した彩夏の腕の力が本気の抵抗を込めて私の身体を押してきたが、もはや丁寧な前戯などするつもりはなかった。

彼女の暴れる両腿を両手で抱き込んで押さえた私の覚悟はもう決まっている。彼女の真ん中に激しく口ですがりついた。到達さえしてしまえば見えなくてもそこの仕組みは知りすぎるほど知っている。絶対に逃さないために、舌先で素早く核を探り当てると音を立ててその周り共々吸った。間もなく我を忘れたような彩夏の喘ぎ声が聞こえてきて、私は口を激しく動かし、溶けそうなアイスクリームを急いで舐めるのに近い動きをくり返しながらシーツと肌掛けを剝いだ。見られるのも見るのも極端に恥ずかしかったが、彩夏の股間に顔を埋めたまま失神する事態は免れたようだ。

彩夏は腕を突っ張らせて、動きを制するように私の頭を手で押さえつけつつ悶《もだ》えていたが、舌を平たくさせて広く舐め続けていると、私の髪の毛を強く摑んでいた手の力が弱まり、ほぼ添えているだけになった。顔を傾けて舌を侵入させると、さらに余裕のない喘ぎ声が上から降ってきた。

彩夏がどういう前兆が起こったあとに達するか頭ではなく身体がしっかり覚えていて、私はそこが熱く充血し、臍の辺りがひくつき始め、内腿に力が入り始めると、舌を抜いた。ずっとお預けされていた復讐も含めて私はすぐに彼女を解放するつもりはなかった。

彼女の、すべての快感を飲み干したいと懇願するように薄く開いていた口は閉じられ、反対に眉を顰《ひそ》めてきつく閉じていた瞼が開いた。物欲しそうに私を見上げる潤んだ瞳は明らかな不満を湛《たた》えている。私の憎たらしい表情を見て意図を把握した彩夏は僅かに傷ついた表情を見せながら、険のある目付きの薄笑いになり、私を押し倒した。

「良いよ、そっちが意地悪するならこっちもするから。途中で止められたらどういう気分になるか、身をもって分からせてあげる」

自らの膝を使って私の太腿を固定した彩夏が身体を屈《かが》め顔を身体の中心へ近づけてくると、さっきまでの余裕は消し飛び、私はあわてた。

心の準備ができてない！　するのとされるのでは全然違う！

私は渾身《こんしん》の力で彼女の頭を払いのけようとしたが、みぞおちに一発、本気の肘鉄を入れられ、痛すぎて呻いた。

信じられない！　こんな暴力、こいつはもう完全に病人じゃない。

動けなくなっているときに柔らかく湿った熱い舌が私の内部に割り込んできた。湿り気のある繊細な動き、恥ずかしくて枕を抱きかかえて顔を隠したが、視界を遮った方が余計に集中力が高まってしまった。動き回る舌が敏感な溝を這い、腰を引くものの彩夏の両手にしっかり押さえこまれ、限界を超えた快感から逃げ場がない。目隠しのつもりの枕はもはや制御できない喘ぎ声の吸収剤として役立っていた。

頭が真っ白になり、メーターは振り切れた。彩夏のそれは丁寧で慈しみ深く、魂を抜かれるような愛し方だった。彩夏の小さな頭を私の内腿の筋肉でくるみ割り人形のくるみみたいに割ってしまわないように、私は自ら膝を押さえていたが、脚が細かく震え、それが手に伝わってきた。

浅い呼吸、視界が霞《かす》む。今の私は包丁で半分に切られた林檎《りんご》の白い果肉みたいだ。彩夏の舌は真ん中最深部の種のある果芯に届き、優しく蠢《うごめ》いていた。顎を高く掲げて頭の頂きをシーツに擦《こす》りつける。

単調で優美なだけの動きでなく、どこか引っ掛かりのある粘っこい動きを潜ませてくるので、独特のリズムが生まれていた。完全に抵抗を忘れ力を失った私の内腿は、羞恥心を煽るためか、それとも単にやり易いのか、膝の外側がシーツに触れそうなほどあられもなく割り開かれていた。向こうにも収縮がダイレクトに伝わっていると思うと、このまま気絶してしまいたい。

勢い任せの私のやり方と違い、彩夏は私が無抵抗になった隙を見計らうと腕の力を緩めて、ひたすら優しく私の中央を舌で撫で上げた。じんじんと痛むみぞおちと繊細で優しすぎる快感に支配されて私の脚は閉じようとする形で固まった。

「もう無理、もう駄目」

上から手で思い切り頭を押してもびくともしない彩夏を目にして初めて、私は彼女が途中で止める気がないのを知った。

「駄目だよ、一緒に達きたい」

弱気な声になる、もう待てない。枕の外れてしまった口で声にならない声を発しながら、指を差し込まれて胸を掻きむしりたくなるくらい衝動が突きあがる。

それは空に浮かぶ雲のように頭上に広がり、摑みたくて手を伸ばすけれど届かなくて、何度も背伸びして、遂に指が雲に掠り、すべて降りてきて甘美に赦《ゆる》される。指を強く握りしめ、肩から首にかけての総《すべ》ての皮膚に鳥肌が立ち、切なく締め上げる収縮をくり返した。激しく波打つ汗まみれの身体が、ぐったりとシーツに沈む。散々泳いだ後に匹敵するほどの疲労が心地よく身体に広がる。快感のさざ波は全身の皮膚に伝わったあと、身体の外へと放たれてゆく。

反りきった喉はようやく通常の位置に戻り、息が整い熱が引いてくるにつれて、バツの悪さや恥ずかしさから、疲労している身体を無理やり動かして彩夏を押し倒し彼女の上に乗っかった。

「次は私の番だね」

彩夏はニヤリと笑い、

「今度ね、今はもう無理。気絶しそう」

と言って肌掛けをかぶり目をつぶってしまった。昔どこかで聞いた台詞《せりふ》。彼女も復讐の機会を狙っていたのだ。

私たちは再びお互いの身体を、まるで自分の身体のように知り尽くした。いや、自分の身体よりもよっぽど詳しいかもしれない。私は自分の身体の部位ごとの匂いや味や歯触りまではよく知らないのに、私には届かない部位さえもすべて彩夏は仔細《しさい》に把握しているのだから。


入社して八年目の春、女性誌の編集部から主に小説を掲載する月刊誌編集部へと異動になった。それに伴い、主な仕事相手は作家やエッセイストになった。彼らが相手となると、原稿を受け取るために訪ねたり会食したりする機会も出てきた。勤め始めて年数は経っているがフィクションを担当するのは初めてで、この世界独特のしきたりなどもあるなか、怒られることも多く苦戦を強いられていた。

先輩編集者に連れられてある老齢の男性作家の読み切り小説の原稿を取りに行ったこ

とがあったが、あとでその作家から私に対して〝無口すぎる〟というクレームが入ったらしく、編集技術だけでなく対人スキルも求められるこの仕事に、私は早く慣れるのに必死だった。本音を言えば送られてきた原稿を地道に検討する作業以外にも、もらった原稿の出来を絶賛したり次回の原稿を頼んだりする技術も編集者としての重要なポイントと見られるようで、私の仕事時間はさらに不規則になって、いままで自由だった夕食の時間も駆り出されることが多くなった。

　あるとき、私より年下だが月刊誌を担当して長い岸本《きしもと》君と共に作家八幡伊佐《やわたいさ》との会食に出かけた。八幡先生は四十代後半の中堅の女性作家でキャリアは長いが、うちの雑誌に原稿を書いたことは一度もない。岸本君が新しく部署に加わった私を会わせたいという名目で今回彼女を引っ張ってくることに成功したのだった。単発でも良いから原稿の確約を取りつけろと編集長から発破をかけられていたが、あらかじめ掲載が決まっている原稿の扱いさえまだ不慣れな私に、そんな難度の高い技ができるとは思えない。だから今日の私は岸本君のアシストに徹しよう、彼が八幡先生と親しくなり原稿の件を成功させられるように助けようと決めていた。

　しかし八幡先生は原稿の話などおくびにも出さず、ひたすら豪快に飲み食いし、岸本君が彼女の過去の作品を絶賛しつつ感想を真摯《しんし》に述べても、へーどうもありがとう嬉しい、ぐらいのゆるいノリの返事しかせず、年代物の赤ワインを飲み干すときの横顔だけが、幸せそうに緩んでいた。私は彼女の作品は最新刊を一夜漬けで一冊読んできただけなので、岸本君の読書の感想を分かっている風に懸命に頷きながら聞き、八幡先生のグラスが空になればさらにワインを注《つ》ぐ、と誰でもやれる作業を丁寧にやっていた。岸本君は一応年上の私を気遣って色々と話を振ってくれたり、僕がやりますよとワイン注ぎを引き継ごうとしたりしてくれたが、私は彼には先生との話に集中してほしいので、やんわりと拒否した。

「それでですね、先生、一つお願いがありまして」

メインディッシュの肉料理を食べ終えたところで岸本君が少し緊張した顔で切り出し、彼の合図を受け止めた私は自分の鞄を持ち出して、これからの話に必要となる書類のファイルを取りだした。それは〝bitter&sweet恋愛特集〟の号で八幡先生に短編を書いてほしいとの依頼のために、詳しい内容や締切などが書かれている今日一番重要な書類なのだが、私はファイルにいくら手を突っ込んで探しても、それを見つけられなかった。まずい、昨日自宅で点検して読み返したあとに鞄に入れるのを忘れた。私はとりあえず最新号を取り出し、八幡先生に渡した。

「恋愛特集にぜひ八幡先生にもご参加いただきたいと思いまして。これがその雑誌です」

岸本君の言葉に促されて八幡先生は眼鏡をかけて私の渡した月刊誌をぱらぱらとめく

った。私はその隙に席を立ち個室を出ると、一縷《いちる》の望みをかけて彩夏に電話した。

「もしもし」

「彩夏？　いまどこにいる？」

「家だけど」

やった、思わず拳を握る。

「いま何してる？　出て来られたりする？　申し訳ないんだけどちょっと頼みごとがあって」

「お風呂入ったとこだけど、髪の毛を乾かしたらすぐ出られるよ。どうしたの」

「私の机に置いてあるプリントを中目黒《なかめぐろ》の〈ステファノ〉って店に持ってきてくれない？　仕事でどうしてもいるのに忘れちゃったんだ」

幸運なことに家からレストランまではタクシーなら十分ほどの距離だった。自分で取りに行くこともできたが、長時間会食の席から離れるのはできれば避けたい。彩夏は私の机の上にプリントを発見し、すぐ持って行くと約束してくれた。

「ありがとう、すっごく助かる。あとで顔バレしないようにちょっと変装してきてくれると嬉しい」

「はいはい」

電話を切り私が急いで席へ戻ると、八幡先生がデザートのアフォガートを食べながら難渋した顔つきになっていた。

「恋愛はねー、最近遠ざかってるから上手く書ける気がしないのよ。独身のときは興味もあったけど、結婚して一番の関心事が子どもの進学になった今では、惚れたはれたに興味がなくなっちゃって。最近の人たちがどんな恋愛してるのかも知らないし、今は家族旅行とか料理についてのエッセイを書きたい気分」

「家庭的なエッセイも書いていただき、恋愛特集にもご参加いただけると一番ありがたいのですが」

岸本君も一歩も引かず熱心に頼み込んでいる。

岸本君が説得を続けていると、ウェイターが個室のドアを開いて顔を出した。

「すみません、お連れ様がお見えです」

ウェイターが退くとサングラスをかけた黒っぽい服装の彩夏が現れ、私たち全員がそちらを見ると、彼女は焦ったようにドアの陰に引っ込んだ。席を立ち個室を出て廊下に避難していた彩夏のもとへ行くと、彼女はプリントを手渡した。

「逢衣を呼んできてって店の人に言ったのに、よく聞こえてなかったのか、私もお客だと思われたみたいで、部屋まで案内されちゃったよ、びっくりした。じゃあ帰るね」

彩夏は小声で伝えると手を振って再び廊下を歩いて帰っていった。風呂上がりの彼女にこんな使いっ走りをさせて申し訳なかったなと反省しながら後ろを向くと、個室のドアから身を乗り出してこちらを覗き見している八幡先生と岸本君と、目が合った。

「あなた、いまの誰？」

八幡先生に訊かれ、

「友達です」

彼女の目が、馬鹿にするなとでもいう風に細められた。

「わざわざその紙をここまで届けに来てくれたんでしょ、友達がそこまでしてくれる？」

「そうだそうだ、怪しいぞ」

と岸本君。

「白状しなさいよ、いまのかっこ良い男の子、彼氏でしょ？」

八幡先生の自信満々な言葉に私の喉はひくついた。確かに念入りに変装して、サングラスからトレーナーにパンツ、そして目深《まぶか》にかぶったキャップまで黒ずくめだった彩夏は、背も高いし男に見えたかもしれない。私が返事に困っているうちに覗き見二人組は盛り上がっていた。

「明らかに恋人同士のやり取りだったよね？」

「ハイ、僕にもそんな感じに見えました！」

「その紙どこに忘れたか知らないけど、多分自宅でしょ？　となると同棲《どうせい》してるんじゃないの？　もしかしてもう結婚してたりして？」

「結婚はしてません！」

私の強い否定で、その他は全部認めてしまった流れになってしまい、三人で再び食事の席についたあともその話で持ちきりになってしまった。

「すごくスタイルの良い子じゃなかった？　顔見てみたかったわぁ、一緒に飲もうって誘ってくれれば良かったのに！　南里さんだっけ、あなたあの子とどんな恋愛してるの？　聞かせてくれたらその話を元にして書いて、特集に参加しても良いよ！」

八幡先生の急な提案に岸本君の目は輝き、そのまま私に向けられた。

「ありがとうございます先生！　南里さん、僕からもお願いします、恋愛話聞かせてください！」

これまでに蓄積してきたワインのパワーを遺憾なく発揮して、二人は私に向かって身を乗り出す。私は引くに引けない展開に額に汗をにじませた。今まで考えたこともない〝自分のカレシ〟について話さなきゃいけない。さっき来た彩夏の外見を思い浮かべながら必死にしゃべった。

私の彼氏は年下で今二十八歳、バンドを組んでギターを弾いてるけど全然売れてない。私の家に住みついてヒモみたいな生活してるけど本腰入れて働く気もなさそう、かといってプロポーズもしてくれなそうだし、付き合い続けようか別れるか、最近迷っている——。

「なんでそんな設定なわけ？　完全なクズ彼氏じゃん」

私が話した彼氏像についての説明を聞くと、彩夏は憤慨した。

「だって真面目なサラリーマンですって言ったところで信じてもらえそうになかったんだもん、今日の彩夏のカッコ」

深夜〇時を回ってからの帰宅になったが、彩夏は起きて待っていてくれた。

「にしても、いくらサングラスかけてても、私のこと男に見間違えるなんてあり得る？　今まで生きてきたなかで一度もなかったんだけど」

「今までは髪の毛が長かったからじゃない？　短くなってあんな帽子かぶって遠目に見ると、間違われてもおかしくないかも。八幡先生も岸本君も完全に男だと思い込んでたよ」

「出版関係の人間の目が節穴なだけなんじゃない」

よほど不満なのか、彩夏は口をとがらせて認めない。彼女のそんな反応を見たら非常に言いにくくなるのだが、私にはもう一つ伝えなければいけないことがあった。

「あのね、八幡先生がもう一回彩夏に会いたいそうで……」

「えーっ、絶対無理だよ、今度こそばれるって」

そう、もう一度会わせたりしたら彩夏が女だとばれる上、あの荘田彩夏とばれる可能性もあり、絶対に実現させてはならない。しかし私は八幡先生の強い押しと、どうしても原稿を取って帰りたい岸本君からの圧によって、はっきりと断れなかった。

私の彼氏像は自分でも話しながら笑えてくるくらい、めちゃくちゃチープな設定だった。しかし彩夏という実体をその目で見ているからか、二人とも私の話を心から信じ込み、果てはそういう男をどうやったら攻略できるかという、八幡先生の恋愛テクニックまで聞き出すことができた。

「そういう男は女が甘やかしてるうちはなんにもする気がないから、心を鬼にして一度家から放り出さないと、なんの進展もないわよ。あんた舐められてるのよ、もっと毅然《きぜん》とした態度を取らないと」

「はあ。でも今日みたいに私の忘れ物をわざわざ届けてくれたり、優しい面もあるんです。時々料理も作ってくれたり。カップラーメンに卵入れたりとか、簡単なやつですが」

「簡単すぎませんか。それ料理とは言えませんよ。彼、何歳でしたっけ?」

「二十八歳、かな」

「僕と同い年ですね、確かにその年齢で無職に近いっていうのは心配だな。まあ南里さんが稼ぐからいいんですかね」

「南里さんはお綺麗だけど、良いお年頃なんだから、他の人を探せばいいのに、よっぽど相性が良いの」

八幡先生はなんともいえない怪しげな目つきで色々含ませながら訊いてくる。

「そうですね、相性良くて離れられないですね」

私は単に八幡先生に話を合わせただけだったが、口に出すと妙に実感がこもった言い方になってしまい赤面した。

「あーいいわねー、そういう関係は貴重だからできるだけ大切にしたい気持ちも分かるわぁ。結婚してほしいけど言えない年上の女性と、まだまだ自由気ままな年下男子との同棲生活か。あーなんか久しぶりに恋愛小説書けそうな気がしてきた。やっぱり身近に絶賛恋愛中の人がいると刺激受けるわ。実生活では引退しちゃったけど、頭の中でならまだまだ現役でいけそう。ねえ私も早速今日から執筆に取りかかるから、南里さん、あなたの彼氏にもう一回会わせてよ」

「ええ!?　なぜですか!?」

礼を失することのないように気を付けながらも、私は最大限に驚くのを止められなかった。

「だってさっき会ったのは一瞬すぎて、顔とか全然見えなかったじゃない。私、挨拶もできなかったしさ。あれくらいの接触じゃ想像力をわかせるにも限界があるわよ。依頼書に書いてあったけど、この特集では原稿用紙換算で三十枚以上は書かなきゃいけないんでしょ。となると南里さんから取材しただけでは全然足りない、多分十五枚くらいにしかならない。彼に取材したいとまでは言わないけど、ちょっとだけでも話して、せめてどんな人物像か、ある程度摑んで話を書いていきたいなあ」

「ぜひ！　うちで会食をセッティングしますので」

岸本君が勝手に話を進め、私はあわてた。

「いや、あの人はすごくシャイだし私の仕事関係の人とあまり接触したくないっぽくて。ライブが無いときは工事現場のアルバイトしてるし。私の仕事の話もあんまり訊いてこないし関心ないというか」

「なるほどね、ぷーだけどプライドが高くて、南里さんの仕事してる姿を見ると劣等感を持っちゃうのかもね」

「それじゃダメですよ、〝誰に食わせてもらってるんだ！〟ってびしっと言った方が良いですよ」

その場はとりあえずお開きになり、社に戻って岸本君が事の顚末《てんまつ》を報告すると、編集長は特に驚いていなかった。

「ああ八幡先生ね、あの人はすぐ編集者のプライベートで本書こうとするから。適当に話合わせておけばいいよ。いま文庫編集部にいる富岡《とみおか》さんなんてね、ちょっとマゾっ気があって八幡先生にノリで言っちゃったら、実生活色々訊かれてＳＭバーも一緒に行ってたよ。まあ実際は富岡さん、そんなでもなくて先生がおもしろがるように適当に話合わせただけって言ってたけどね。でも事前にＳＭバーへ下見に行って、勉強して知識もすごくつけたみたいだから偉かったよ。八幡先生はそれで本が出来上がるからいいんだけど、純粋に書くためだけの取材っていうより、単に他人の生活を覗き見したいみたいな面もあるだろうね、下世話な噂とかゴシップが大好きな人だから」

「そうなんですか、知りませんでした」

　そんな人に私の彼氏が実は彩夏だとばれたら、どうなることやら、想像しただけで恐ろしい。知っていたらもっと慎重に対応したのに迂闊《うかつ》だった。でももう後の祭りだ。

「あの、それで私、これからどうしたら良いんでしょうか」

　編集長に訊いたのだが、代わりに岸本君が顎を指で触りながら答えた。

「なんとか彼氏を八幡先生の前に引っ張ってくるしかないですね。心配しなくても、根掘り葉掘り私生活を訊き出されることはないと思います。八幡先生ってかっこいい男の人が好きだから、多分もう一度見てみたいだけですし。あの人はノリが軽い反面、頑固なところもあって、一度言い出したらきかないんです。自分の思い通りにならないことがあると、良い作品が書けないって思い込んでるところもあるのかな」

「最悪じゃないですか」

「とにかく割に神経質なタイプだから、したい取材ができなかったり書く題材が揃わなかったりすると苛々して鬱状態になるから、絶対仕事引き受けてくれませんよ。無難に一度会わせて納得させるのが正解だと思います」

こんな風に言われて、私は頷くしかなかった。


私の話を聞き終わった彩夏は先ほどまでよりは同情的な顔つきになっていたが、かといってどうすれば良いか分からない複雑な表情をしている。

「事情は良く分かったけど、とはいえ、無理でしょ」

「そうだよね、無理だよね、分かってる。あーほんと、どうすれば良いの、分からな過ぎてむかついてきた。大体編集者の私生活を書く作家って一体なんなの。一から物語を作り出すのがあの人たちの仕事でしょ。これからの仕事相手もあんな人たちばっかりだったらどうしよう。ほんといい迷惑だよ、もう書きたいことがなくなってきて、だいぶ枯渇してるんじゃないの？　もらい事故で編集部でも私の彼氏の話が広まっちゃって、南里さんて、だから結婚できないんだ、みたいな雰囲気になってるし。もう嫌だ」

カメラマンやライターに応対し、原稿と向き合って淡々と作業に没頭すれば任務が完了する、以前の仕事に戻りたい。気難しいクライアントや取材対象者はいても、ここまでプライバシーを差し出す必要はなかった。

「分かった、分かったよ。私がなんとかする。穏便に済ませられるよう何か方法は無いか、考えてみる」

彩夏はそう言うとデスクの前のチェアに座り、左右に揺らしながら目をつむって考え込んだ。

「うん。確かにそうだな、とりあえずあと一回は会うしかないね」

呟くとチェアを離れて寝室へ行き、ウォークインクローゼットの扉を開けた。

「だめだ、やっぱりいいのがない」

「会ってくれるつもりなの？」

後ろから彼女の手元を覗き込んで言うと、

「うん、次は一からちゃんとメンズの小さいサイズで揃え直すよ。今度は一瞬ってわけにはいかないから作り込まなきゃ。大丈夫、何度か男役はしたことがあって、歩き方とか仕草とかは演技指導も受けて覚えてるから。でもやっぱりさすがにしゃべったらばれると思うよ。あと明るくても間違いなくばれる」

彩夏が乗り気になってくれたのに、私が尻込みを続ける理由はない。私は彩夏の手を握った。

「ありがとう、正直初めて原稿取って来られるか来られないかの瀬戸際で、上手くいけば私も新しい部署で認められるかもしれないし、協力してくれたら本当に心強いよ」

「私も闘病中に逢衣には散々お世話になってきたしね。これくらいはしなくちゃ」

「本当にありがとう。で、もう一つ言わなきゃいけないことがあるんだけど」

「ん？」

「彼氏の名前なんて言うのって訊かれて、とっさに颯って言っちゃった」

「最低！」

元彼の名前が私の口から転がり出たと知った彩夏は、私に後ろ蹴りをかまそうとしたが、私は俊敏に避けた。もう夜も更けていたが私たちは額をつき合わせて作戦会議をした。


ホテルのレストランでの二度目の会食時、私の彼氏について、八幡先生は一度目のときよりもさらにプッシュしてきた。

「ねえ、私が会いたいって言ってる話、彼氏にしてくれた？　いま原稿書いてる途中なんだけどね、やっぱりあともう一押しリアリティに欠けるのよ。このままだと最後まで書けないかもしれない、場面が足りないんだもの」

「はい、話してはみたんですけどあんまり反応良くなくて断られちゃったんです、すみません」

正面の席の八幡先生の目に怒りが宿り、私の隣に座っている岸本君があわててるのを感じた。

「でももう書いていただいてるなら、やっぱり会っていただいた方が良いですよね。ちょっといま電話してみてもいいですか」

私は立ち上がり、中華料理のラウンドテーブルから離れて個室の隅に行くと、二人に背を向けてソウに連絡した。

「あ、私、いま何してんの？　……あー練習、もうすぐ終わるんだね。渋谷《しぶや》のスタジオ？　次はどこ？　いま麻布《あざぶ》にいるんだけど出て来られるかな。ほら、この前話した……」

二人が聞き耳を立てている気配を背中に感じながら、私はソウとの打ち合わせ通りに話を進め電話を切った。

席に戻った私を二人が凝視する。

「あと三十分ぐらいしたら来られるそうです、まだバンドの練習があるのでちょっとしかいれないみたいですが」

八幡先生の顔に笑みが広がった。

「うそ！　やった、急にわくわくしてきたわ！　南里さんありがとう！　自分で言いながらも実際に会えるとは思ってなかったからすごく嬉しい！」

原稿を楯《たて》にすごい圧力かけてきたじゃないですかとは、もちろん口には出さず笑顔を返した。

「会食には連れて来られなくてすみません」

「いいのよ、私もいざ一緒に食事するとなると緊張しちゃうかもしれないから。ちょっと見て、ちょっと話すだけでいいの。短編なんだし」

「ありがとうございます、南里さん」

岸本君も小声で私に礼を言う。私生活を切り売りしたら礼を言われるなんて、この業界はどうかしている。

三十分後、ソウから再び電話が入り、私は応対した後少し困った顔で二人に向き直った。

「いまホテルに着いてこのお店の前にいるそうなんですが、豪華すぎて入るのに躊躇してるみたいです。小汚い格好だしバンドの練習してきて汗臭いから、とてもじゃないけどこんな豪華なお店入れないって」

「遠慮することないのに！　可愛い！　でも嫌がってるのを無理に連れて来る必要はないわね、私たちが行きましょう」

八幡先生がいそいそと立ち上がり、膝の上にかけていた白いナプキンが床に落ちたが、彼女は気づかないまま弾むような足取りで個室を出た。先生の後に私と岸本君も続く。私たちが部屋からぞろぞろ出ていくのを見て担当のウェイターは驚いた顔をしていたが、岸本君が「また戻ってまいりますので」と耳打ちすると「ごゆっくりどうぞ」と頭を下げた。

ホテル最上階のレストランを出ると店の前の仄暗《ほのぐら》い廊下で、人が俯いて立っていた。フード付きの長く黒いコートとポンチョの間のようなアウターを羽織り、目が見えないほど前髪が長い金のメッシュが入ったウィッグを被《かぶ》り、さらにキャップとフードを被って顔の下半分を黒いマスクで覆い、身体の線が分かりにくいダボッとした黒いパンツを穿《は》いた、死神のような雰囲気の彩夏だ。

肩パッドと胸板にも何かを入れているのか肩回りと胸回りがいつもよりがっしりして見え、もともと背も高い上に黒い革の厚底ブーツを履いて、本当にこじらせているバンドマンに上手く化けていた。どこで手に入れたのかギターケースも背負っている。今朝出社する前に念入りに衣装合わせしていた彩夏を思い出して、絶対笑ったらいけないのに、笑いそうになる。

「あらあら、お忙しいなかわざわざ来てくださってありがとう！　練習の途中だったんでしょ、申し訳ない」

八幡先生は陽気な声で挨拶してもうすでにソウの肩に触っていた。私は触ったらさすがにばれるんじゃないかと思って顔色を失った。

「いえ、こちらこそ、すみません。ちょっと風邪を引いてて、声があんま出なくて」

ソウはほとんど声量のないかすかすの声で囁き、しゃべり終わらないうちに痰《たん》が絡んでいるような、すごくリアルな汁だくの激しい咳《せき》をして、身体をくの字に折り曲げた。八幡先生がびっくりして手を離す。

「それは大変ね、熱もあるの？　いま風邪が流行《はや》ってるから気を付けないとね」

「バンドのメンバー内でインフルエンザが流行ってるらしくて。ソウもとうとう伝染《うつ》っちゃったのかな。こんな状態で練習に行くの身体に良くないから私も今朝止めたんですが、ライブの直前だからどうしてもってきかなくて」

私の言葉にかぶせるようにして、ソウはさらに気管支炎も併発していそうな勢いで咳き込んだ。八幡先生と岸本君がさりげなくソウから一歩あとずさる。

「そんな状態だったのね、お辛いなか呼び出してごめんなさいね。もうお会いできたから十分満足よ、練習にお戻りになってください。しんどいから移動も大変でしょう、南里さん、タクシー呼んであげたら？」

すっかり及び腰になった八幡先生は、今度は早く帰るようにソウをけしかけ始めた。岸本君も愛想笑いを張り付かせたまま何度も頷いている。

「すみません、色々お話をさせていただきたかったのに、こんな状態で」

私が謝ると先生は、いいのいいの、と手を振った。

「体調が悪いときは無理しないのが一番よ。また彼が治って良くなってから、みんなでご飯でも食べましょう」

先生の言葉にソウは頭を下げ、マスクを下にずらして笑顔を見せた。

「ほんとすみません。役立たずで」

麗しい男装メイクが見られるかと思いきや、ソウは真っ赤な鼻から溢れ出る鼻水を鼻と唇の間に垂らし、マスクにもくっつけていたのだった。

これには先生も岸本君も言葉を失くし、衝撃が強すぎたのかソウが行ってしまってもまだ廊下に立ちつくし、曖昧な微笑みを浮かべていた。

「南里さん、ありがとうね。病気なのにわざわざ来てくれるなんて、性格の良い彼氏じゃない。すごく小顔だし、かっこ良かったわよ、ねえ?」

先生が岸本君に同意を求めると、彼は答えた。

「いや正直、鼻水の印象しかないっす」

帰宅後、大成功だと彩夏に伝えると、それはそれでおもしろくないらしく彼女は憤慨した。

「こんな美人捕まえて、よく男と間違えるよね」

「いや、あれは誰でも間違えるよ。演技すごく上手くて感動した！　最後の去っていくところの歩き方とかいつもより雑でちょっとがに股気味で、本当に男にしか見えなかった」

「昔稽古でめちゃくちゃ厳しい演出家に鍛えられたからね、身体がまだ覚えてた」

「あと風邪の演技もびっくりしたよ！　本当に体調悪そうだった」

「あれが一番苦労したよ、カラオケ行ってわざと喉嗄《か》らして卵の白身を鼻と唇の間に垂らしてさ。ぬめぬめして、ほんと気持ち悪かった」

彩夏の声はまだ嗄れていていてハスキーな響きになっている。

「そんなに身体張って演じてくれたんだね、ありがとう。八幡先生も満足したみたいだし、彩夏のおかげでピンチを切り抜けられて感謝してるよ」

私はお礼を口にしながらもついつい笑ってしまいそうになり、自制するのが大変だった。西池袋《にしいけぶくろ》のカナエのときも思ったが、彼女は一流の女優のはずなのに、私生活で演技すると、なぜコントの一場面のような仕上がりになるのだろう。

鼻水によっぽど創作意欲を殺《そ》がれてしまったのか、八幡先生は途中まで書き上げていたそれまでの原稿をすべて投げ出し、代わりにまったく違う、高校生同士の淡い恋愛小説を締切が過ぎてから送ってきた。私と彩夏の努力は作品には繋がらなかったが、とりあえず原稿は取ってきたということで、私の面目は保たれた。

どこから聞きつけたのか、彩夏の回復を知った事務所が早速電話をしてきて人を寄越し、彩夏に再契約および活動再開を申し込んできた。

「病気が良くなったって事務所に連絡したの？」

「ううん、まったく。私もそこが気になって訊いてみたら、事務所の人が外で偶然私を見かけて元気そうだったからって。でも嘘だと思う。タイミング良すぎるから、病院と繋がってたとか、探偵を雇って様子を見張らせてたとかあったんじゃないかなって」

「相変わらず黒いね、彩夏の事務所。で、どうするの」

「再契約、結んだ。私と逢衣の二人の努力で繫いできた仕事だもん、ここで終わらせるのは、やっぱり口惜しいよ。お金も要るし、私には他の仕事をする才能もない。でも契約の代わりにもう二度と私と逢衣の仲については干渉しない、マスコミが記事を書きそうになったらできる限り火消しに努めるっていう交換条件を吞ませた。今回は、逢衣と一緒に住み始めたら私が安定してきたのを事務所は見てきた経緯があるし、私も年齢が年齢だからOKしてもらえたよ」

私も異論はなく深く頷いた。病気でひどい状態に陥って、また現役復帰するとなると恐怖心もあるだろうに、再契約を申し込まれた途端、間髪をいれずに受諾した彩夏は逞しく、眩しくさえあった。

「いっそのこと、私たちの関係を世間に公表するっていうのはどう？　多分事務所のあの感じじゃ、私たちの関係をオープンにしたところで契約解除したりはしないと思う。やましいことは何も無いんだし、さらっと発表しちゃおうよ」

冗談だと思ったが、いきなり思いついたことではなく、彩夏が前々から考えていたことなのだと彼女の目を見て気づいた。

「今の時代だもん、変に冷やかす人たちはもちろんいるだろうけど、普通に受け止めてくれる人や応援してくれる人もたくさん出てくると思う。私たちが公表することで他の同じようなカップルが勇気づけられるかもしれないし。私たちの付き合いについて外野から色々言われたところで、私は気にしないでいられる自信がある。このままだと私たちは友達同士だって周りに認識されたまま、一生を終えるよ。

名前が売れてから、世の中には色んな人たちがいるってことを本当に身に染みて感じるようになったの。私を強烈に嫌いな人もいれば、強烈に好きな人もいる、どうでもいいと思っている人もいる。私のことを嫌いな人が間違ってるとか悪い人だとかは思わないよ、でもそういう人たちと向かい合うには人生は短すぎる。私たちのことだって同じ。色んなことを言う人たちがいるかもしれないけど、理解のある人たちを見つけて、その人たちと付き合っていけば、ちゃんとこの世界でも息を吸えるよ」

彼女の言葉に私の心は揺らいだ。彼女の意見を聞き入れず、私たちは会えなくなった。

あのとき恐れずに堂々としていたら、風当たりは強くてもずっと一緒だったかもしれないのだ。

しかし公表すれば矢面に立つのは私より彩夏だろう。だから彼女は自分から、自分の覚悟を語ったのだろう。でも私は公表しても大丈夫か大丈夫ではないかではなく、公表したいか公表したくないかに重きを置いていた。

「私は友達だと思われたままで良い。周りにどんな関係と思われていても気にしない。それより安全な場所でずっと一緒にいられることの方がよっぽど大事」

私たちは世間からのどんな反応にも立ち向かえるかもしれない、でもできるからといって私はあえてそれをしたいとは思わない。私は私たちがどんなカテゴリに分類されるかさえも、知りたくはなかった。人生は一度きりだ、誰をどんな風に愛して来たかだけを重要視して生きていきたい。

なんらかの権利を獲得するため行動を起こすつもりもない。アクションを起こす人たちを尊敬してはいたけど、たとえばもうこれ以上誰にも翻弄されたくないという強い思いがパートナーとして公に認められる可能性の芽を潰してしまったとしても、それも覚悟していた。私はどんなことよりも、これからも彩夏と穏やかに共に生きていくことを優先したい。仕事を再開して、身を露出するようになった彩夏に、仕事以外での注目を浴びてほしくない。

ここそしている、卑怯だと言われてもいい。もう私はこれ以上私たちの愛を世間の激しい雨風に晒《さら》したくなかった。いくら相手を愛していても、愛は繊細で脆《もろ》い。たくさんの試練に耐えて磨かれるのを目指すより、私は彩夏との愛をこれ以上ないほど大切にして、ゆっくり育みたい。

「彩夏の名前すら人前で呟けない人生でも、私は毎日を一緒に過ごせれば、これ以上ないほど幸福だよ。彩夏と一緒にいられたら、私にはどんな場所も日向《ひなた》だよ」

私の言葉を聞き、彩夏もまた幸せそうに私の肩へ自分の頭をもたせかけたが、何も言わない彼女がまだ葛藤のさなかにいると気づいた。彼女は彼女なりのやり方で私に愛情を伝えようとしてくれていて、それが拒否されてしまったのが残念なのだろう。彼女がそう思うのも無理はない。八年前、岐路に立ったとき、強引に私が保守的な判断をしたせいで、七年もの間を会えずに過ごしたのだから。

「友達って言葉を彩夏が嫌いなのはもう十分分かってるけど、それでも私は友達ってすごく絆《きずな》の強い関係だと思うけどな。彩夏は前に雷に打たれて亡くなったおじいちゃんの話をしてくれたけど、うちの母方のおじいちゃんはね、もう亡くなったんだけど、〝貴様が俺か、俺が貴様かと思うくらいの戦友〟の話をよく楽しそうにしてたよ。有名な軍歌では〝貴様と俺とは〟っていう歌詞だけど、おじいちゃんは〝貴様が俺か……〟っていう歌い方をしてた。

戦地で一緒だった友達らしいんだけど、戦後もずっと仲が好くて、お互い遠い場所に住んでいるのに一年に一度は会ってた。年取ったおじいちゃんの体調が悪化して外に出られなくなってからはその人と会えなくなって、相手が生きてるか死んでるかも分からなくなったんだけど、それでもこの住所に手紙を送ってくれって、私に葉書を託したこともあった。返事は無かったけど。ねえ、友達っていうのも良いものだよ。もちろんおじいちゃんの場合は友情で、私たちの場合とは違うけど、貴様が俺か、俺が貴様かみたいに生きていこうよ」

話しているうちに亡くなった祖父を思い出して、私は鼻声になっていた。

私の頭を彩夏は優しくなでた。

「大切な思い出話を聞かせてくれてありがとう。素敵なおじいさんだったんだね。うん、分かった。逢衣の気持ちはよく分かったし、私も納得できた。このままでいよう。平和な時代に生まれたことを感謝しながら二人で一緒に生きていけばいい」

「でも両親には私たちの関係を知ってもらいたいと思ってる。今までなんの隠し事もしないで付き合ってきた母と父に彩夏のことを言えないこの何年間かは辛かったの。私の家族にも彩夏と仲好くしてもらいたいし、良さを知ってもらいたい」

私は実家に彩夏を連れていって私たちの関係を伝えたかったが、彩夏は頑に反対した。

「直接家へ二人で会いに行くのはまだ止めた方が良い。もしフランクに受け止める性質のご両親なら良いけど、そうじゃないかもしれないし、だとしたらいきなり過ぎるのはちょっと配慮が足りないよ。電話でそれとなく伝えてからにしたら」

「親子なのに、こんな大切なことを電話で伝えるの？　それじゃ誠意を感じないでしょ」

「衝撃的なことを聞いて、それを受け止めなきゃいけないとき、誠意より大切にしてほしいものが相手にはきっとあるよ。私ならこんな話は電話で聞きたい。相手に顔色を見られたくない。実際に会うのはそれからでも遅くないよ」

ちょっと納得できなかったけど、そこまで言うならと電話で伝えることにした。


「もしもし母さん？　うん、久しぶり。元気でやってるよ、そっちはどう？」

声がひっくり返りそうになるのを、舌の奥を持ち上げ喉を押して堪えた。携帯を持つ手は冷たくこわばり、握力が弱って、もう少しで震え出しそうだ。いつもの電話と変わらない近況報告だと思っている母は、最近家に来たという、妹の望《のぞみ》の婚約者の堀田《ほった》さんについて楽しげに話している。決心して電話したものの、これからの自分の発言は、母の日常をおそらく破るだろう。

「あのさ、いま私、一人暮らしじゃなくて他の人と一緒に暮らしてるんだよ」

「そうなの？　前の住所と今は違うってこと？　じゃあ、この前に送った乾物と野菜、届いてないの?」

「全部転送されてるから、ちゃんと受け取ってるよ」

「まあ、あんた、一言も言わないで。一体誰と暮らしてるの?」

「恋人と」

私の声はこれ以上無理というほど低くなり、携帯を強く摑んだ。

「なぁんだ、彼氏もちゃんとできてたの。良かったわね、おめでとう。すごく久しぶりじゃない? 今度は上手くいきそうなの?」

「彼氏じゃなくて、彼女なの。女の人で。荘田彩夏」

電話の向こうが沈黙した。母が首を傾《かし》げている気配が伝わってくる。

「荘田さんって〝なめんなよ〟の子よね? 前にいっときあんたが居候させてもらってた家の、芸能人の子。まだ友達なの。え、彼女の家にあんたとあんたの恋人も住んでるの?」

「恋人は彩夏なの。ごめんなさい」

謝る必要なんて無いのに! 言ってしまったあと、唇を嚙みしめる。卑怯だけど、いまの母の表情を直に見ずにすんで、ほっとしている。

「どういうこと? ちょっとよく分からないんだけど」

「一緒に住む前から付き合ってた。隠しててごめん。彼女の仕事への影響を考えて、長年会ってなかったんだけど、再会して、付き合い直すことになって、これからも一緒に生きていこうって決めた」

電話の向こうの母親は沈黙し、固唾を呑んで反応を待っていると、まだ考えのまとまっていない、しどろもどろの口調で話し始めた。

「つまり、女同士なのに付き合ってるっていうこと？　なんでまた、そんな……。あんた、その彩夏って子に感化されてるんだよ。一緒に住んで、話を聞くうちに。洗脳みたいなものだよ。だってあんたは、今まで男の人とちゃんと付き合ってきたし、男の人を愛せる能力がちゃんとあるんだから」

能力……。他意なく出てきた言葉だからこそ傷つく。むきになるのを止められない。

「実際の彩夏と私を見たら、二人とも真剣だって分かってくれると思う。いつでもいいんだけど彩夏と二人で実家に行ってもいいかな？　父さんは今、水曜日と金曜日の出勤日以外はうちにいるんだよね？」

「そんな急に、勝手に話を進めないで。ああ、頭が痛くなってきた。とにかく父さんと一度話し合うから、電話は切るよ」

「ちょっと待って母さん、ねえ……」

さよならの言葉もなく電話は切れた。母が話の途中で電話を切るなんて、初めてのことだ。

伝え方を間違っただろうか、いや、母ならきっと分かってくれる。気持ちは両極端に揺れたが、今は両親を信じるしかなかった。

二週間後に電話がかかってきて、携帯の画面の通知で母からだと分かると、緊張が舞い戻った。リビングには彩夏もいて、別室に移動することもできたが、彼女を避けるのも不自然だと思い、私はその場で電話に出た。

「もしもし、母さん？」

「もしもし。この前の話の続きだけどね」

「うん」

「申し訳ないけど、私も父さんも彩夏さんと会うつもりは、今後一切ないよ」

母の強張った声に頭が痺れて、目の前が霞んだ。

「え、どういうこと？　なんで会ってくれないの」

「私と父さんは、あんたが男の人と付き合って結婚することを望んでるからだよ。当たり前でしょう、いい加減目を覚ましなさい」

「母さん、私と彩夏は途中は離れちゃったけど、もう九年になる付き合いなんだよ。意味がない付き合いをそんなに長い期間続けるわけないじゃない。私たちは真剣だよ」

「久しぶりに再会して盛り上がってるだけよ。一時の気の迷いです」

前回の電話とは違い、母の口ぶりから断固とした意志が感じられる。

「逆に訊くけど、一時の気の迷いだけで、女の人と付き合えると思う？　月日が経ってもこうして一緒にまた住んでるのは、縁がある人だからなんだなと思ってるよ」

「縁がある訳ないでしょ。あんたたちに運命やら縁があるなら、ちゃんと結ばれるように、男女で生まれてきてるはずだよ。その彩夏さんという人があんたと同じ性別で生まれてきたのが、運命も縁もない相手だっていう、何よりの証拠」

覚悟していたつもりだったけど、ここまで言われるとは思わなかった。反論したいが、ショックで言葉が出てこない。

「ねえ、母さんもほんとはこんなこと言いたくないよ、あんたの気持ち考えるとね。親から否定されたくないだろうな、祝福されたいだろうな、って想像できる。でも母さんや父さんは、心を鬼にして言ってるんだよ。いまの世の中色んな自由が認められてるし、私は他人様《ひとさま》の事情に口を出す気はないけど、自分の娘にはちゃんと言うよ。彩夏さんは駄目。親として認められない。有名な人だから私たちも知ってるし、性格も良い人かもしれないけど、女の人の時点で、あんたとは縁がない、相応しくない。出産適齢期なのに女の人と付き合って時間を無駄にして、子どもはどうするの。あんた子ども好きでしょ、そこらへんちゃんと考えたの？」

「考えないわけないでしょ。嫌っていうほど考えたよ」

自分の赤ちゃんを抱いてみたかったし、彩夏に出会うまでは、三人くらい子どもは欲しいなと漠然と希望していた。でももしすでに生まれているのなら全力で守り育て愛したいけれど、まだ誕生してもいない子のために、目の前の愛しい人を諦めることなんてできない。私にとって彩夏は絶対に替えのきく人間ではない。

「子どもは無理。でもそれは他の男性と結婚しても、ずっと独身でいても、同じ結果だったかもしれない。お母さんになるのは無理だろうけど、愛妻家になれる自信はある」

私がそう言うと、傍らで固唾を呑んで聞き入っていた彩夏が吹き出した。

「馬鹿を言うのは止めなさい。あんたにそんな役目が務まるわけないでしょ」

母の声が聞いたことがないほど尖っているのに気づき、まだまだ言い返そうとしていた私は口をつぐんだ。

母だって傷ついているのは明らかだ。私が結婚して孫が生まれる未来をずっと期待していたのだから。

「本当、あんたには苦労させられる……。丸山さんと結婚すれば良かったのに」

九年前に起こったことをまるで昨日の出来事のように言う。

「母さん、私と颯が付き合ってたのは九年も前で、颯はもう結婚して子どももいるよ」

「今からでも遅くないいんじゃない？　あの子あんなに逢衣のこと好きだったんだし」

「母さん」

「女の人と住み続けるよりは幸せになれるでしょ」

私が絶句していると母は大きなため息をついた。

「ごめん、そんなことできないって母さんも分かってる。でもただ上手く理解できなくて。あとどうしても逢衣が可愛いから、わざわざ苦労する道を選ばなくたっていい、って気がしてしょうがない」

「上手く理解できないなら、完全に否定するのはまだ早いんじゃないの」

「私は偏見で言ってるんじゃない、逢衣の将来を心配してるだけなの。その子とはどうやっても家族になれないでしょ。結婚ていう契約が無いんだから。ずっと一緒に暮らしても、年取ってもしどちらかに何かあってもなんの保証も無いし、相手に何か残すのも難しい。あと望にはこのことは内緒にしておいてね。あの子、堀田さんとの結婚式も近いし、あんたの話聞いたら不安になるかもしれないし、黙っといた方が良い」

「それって、世間体が悪いからってこと？」

「それじゃ、また連絡するから」

すっかり打ちのめされて私は電話を切った。しかし後悔はない。なるようになっただけだ。上手く伝えようが理論武装して相手を丸めこもうが、事実は何一つ変わらない。いつかは両親に彩夏との関係を納得してもらえるのか、それとも無かったことのように扱われるのか、もしくは両親と疎遠になってゆくのか、まったく予想できない。でも両親がどの道を選んだとしても私には受け止める強さが必要だ。とはいえ、こんなにも強い拒否反応が返ってくるとは。

　私は身勝手にも自分の家族に、承認までは無理だとしても、彩夏のことを認識してもらうことで、私たちの関係をオフィシャルに近づけたかったのだと、いまさら自分の深層心理に気づいた。

　母の反応を彩夏に伝えると、彼女はあらかじめ予想していたようで、特に驚かず、何度も頷いた。

「逢衣のお母さんがそう言うなら絶対に無理強いはできない。私は何年かかってもいいから、一度くらいはお目にかかれたら良いなくらいの気長な気持ちでいるよ。大丈夫、逢衣のご家族が良い人たちなのは分かってる。逢衣を見てればどんなに大切に育てられてきたか分かるよ」

　もっと早くに、彩夏と付き合い始めた直後くらいから両親に打ち明けていれば、反応は違ったかもしれない。色んな悩みを相談したり、たとえ両親に反対されても付き合いを貫く姿勢を見せ続けていたら、時間と共に徐々に態度を軟化させたかもしれない。長年隠し続けたあとに突然、これから彩夏と一緒に生きていくつもりだ、と宣言してしまったから、いきなりすぎて到底受け入れられないのだろう。それは私に責任がある。どうしても、どうしても言えずに今に至ってしまったのだから。

その夜、私はなかなか寝つけず、午前一時を過ぎたころベッドから這い出して寝室を出た。

幼いころ、私にとって両親は背景で、主役はいつも自分だった。大人になった今、背景と思えるほど平和に、両親が両親らしく居てくれたことに、感謝しているし尊敬もしている。親といっても子どものいる大人になっただけで、当然のように求められる正しさや義務に応えられるかどうかは、その人間の資質によって違うことを、自分が大人になって初めて知ったからだ。

両親とも、すごく裕福なわけではないけれど私や妹にお金の心配をさせることもなく、父は休まず会社で働き、母は毎日三食ご飯を作ってくれた。両親があんなにも完璧に、しかし息の詰まらないフランクさでそれぞれの役割をこなしていたのに比べて、私は娘の役割も中途半端、嫁と母の役割に至っては一度も挑戦する気がない。それらの役割をすべて期待されるだろう妹にプレッシャーを与えるとすれば、姉の役割すら果たせていないことになる。

人にどう思われても平気だと思ったが、いざ実家から拒否されると、悪いことはしていないはずなのに、眠れずベランダに立ちつくして夜じゅう外気に当たっていた。悪いことをしていないからといって、この世の中ですべてが受け入れられるわけではない、と今まで生きてきたなかで十分分かっていても、後ろ暗い闇が心を覆い、迷いが生じた。彩夏への愛、家族への愛、どちらも愛だった。

徹夜のまま、いつもより一時間ほど早い朝食をとっていると、いつもなら私が出社する頃でもまだ寝ているはずの彩夏がリビングへやって来た。目が充血している。彼女もあまり眠れなかったのだろう。

「おはよう。私が隣にいなくて、さびしくて眠りづらかった？」

「うん。夜明けは気温が下がるから、やっぱり人間暖房が隣にいないとダメだね」

彩夏は軽口を言って軽く肩をすくめた。自分と同じように一晩じゅう苦しんだらしいこの恋人ほど愛しい人を、これからの人生で見つけられそうにない。彩夏とはもう離れ離れにならないように、しっかりと手を繋いでいなければならない。

「心配させてごめん。親には無理強いせずに、この件についてはあっちがまた話を持ちかけてくれたら、話し合ってみるよ。彩夏のお母さんには改めて話す？」

「やめとく。分かり合えるとは思えないしね。でも一番病気が大変だったときの私の面倒を、なんだかんだ言ってもちゃんと見てくれたことは感謝してるから、あの人と縁を切るつもりはないよ」

窓の向こうでは、夜明けの暗く沈んだ景色が、段々と空より下の住宅地の方から明るくなってきた。今日は曇りなのだろうか、重く立ちこめた分厚い雲は朝陽を通していない。けれど間もなく空は漆黒から濃紺、澄んだ菫《すみれ》色から灰色を帯びた白へと変化していった。

「私たちのこと、周りの人たちには公表しようか」

「え？　逢衣は反対じゃなかった？」

「わざわざ恋人宣言しなくても、訊かれたら自然に答えるって形で、徐々に周りの人たちに伝えていくのは、どうかな。このままだと時間が経てば経つほど、私たちに近しい人たちは疑問を持つだろうし、かといって突然こちらのタイミングで打ち明けても、今回のうちの両親みたいにびっくりさせてしまう。大切なのは分かってもらうことじゃなくて、自分たちが今どういう状態でどうなっていきたいかを、隠さず正直に相手に伝える勇気だよね」

「公表なんかしたら、それこそ逢衣のご両親が卒倒するんじゃない？」

「でも事実には変わりないんだし、周りの反響次第で、二人の考え方も変わるかも」

彩夏は私の顔をしばらく窺ったあと、笑顔になり私の肩を叩いた。

「まあ、あんまり一気に色んなこと考えずにさ。身体冷えたし、スープでも飲もう。ミネストローネ作るよ」

私たちはスープなんか飲まなかった。温かくなれる方法を、他に知っている。

どうして軽く動揺した視線を一度交わすだけで、こんなにもすぐに気持ちが通じるのだろう。良いムードも暗黙のサインも必要なく、それはいきなり場所を選ばず始まる。今まで普通に過ごしていたのに、気づいたら息が熱くなって抱きしめられ、彩夏の肩口から天井を見ている。まるでついさっきまで晴れていたはずなのに、いつの間にか雨が伝い濡れている車の窓ガラスのように、景色が変わっている。

今朝はリビングのラグの上で始まった。ベッドはもちろん居心地は良いけど、移動するくらいなら廊下の白い壁も冷たい床も、すぐ消せる照明スイッチも、先に閉まったドアのある細長い闇も、バスルームに置いてある洗濯機の稼働音と振動が壁を通して伝わってくるのも悪くない。

彼女としているとき、ふいに天国から地獄へ落下したような気分になる瞬間があった。途方もない闇に呑み込まれ、自分としているような錯覚に陥り、叫び出したくなる。ある道を真っ直ぐ走るとき、私は極度に興奮している、しかし曲がり角で折れた瞬間、幽霊を見たかのように飛び上がり今来た道を逆走する。今でもまだ私は少し恐いままだ。だからこそ、やめられない。いくつもの曲がり角を手探りだけで進んでゆく。

「そのキメ顔みたいなの、やめてくれないかな」

「へ？」

私の顔を上目遣いで見つめていた彩夏が、首をかしげる。

「いや、男の人ならコロッといくのかもしれないけど、そんな顎引いて斜めに顔傾げて見つめられても、バカなんじゃないかなと思うだけで」

うるさいよ、と軽く流す感じで返してくるも、どうやら無意識のぶりっこだったらしく、彼女は首から上をみるみる紅潮させ、脚で思いきり私の胴を挟んで締めつけた。プロレス技のようにぎっちりかかり、大声で騒ぎながら彼女の太腿を下に押して逃れようとしたけど、ロックされた両膝が外れない。お互い下着もつけていないのに、どうしようもない人だ。ずるずるともみ合っているうちに、彼女が擦りつけてきて、初めは笑っていたけど段々違う意味で息が上がってきて、始まってしまった。

刺激を受けて固くなる前の、ぼんやりとした三角形の輪郭の乳首が目の前にあった。この油断しきった乳首の方が私は好きだ。刺激を受けて露わになった先端がくっきり赤く腫れてくると、あまりに過敏そうで痛々しく思える。

薄くバターを塗ったビスケット二枚で、甘酸っぱいストロベリークリームをサンドしたような香りが彩夏から立ち上ってくる。どちらかと言うと安っぽい、はすっぱな匂い。でもずっと嗅いでいると頭の芯が痺れてくる。

この香りは何度も漂ってきた。初めは彼女の香水だと思ったけど、違う。自分も同じのをつけるようになったからよく分かる。シャンプーやコンディショナー、ヘアケア剤かとも思ったけど、やっぱり違う。でも今ならなんの匂いか、よく分かる。

裸になった私たちの、お互いが混じり合う香り。そう、私の身体からも似た香りがする。そういう気分になると、体温の上昇と共に脇の上、肩の前面辺りから発散されるフェロモン。フェロモンは下半身ではなく、明らかに上半身から匂いの霧が溶け出してくる。脇、首、胸、心臓……。心臓。これほどセクシーな身体の部位を、他には見つけられない。胸に耳を当てれば脈打つ音が聞こえて振動も伝わるのに、見えない、触れない。もどかしくて左胸の膨らみの付け根にある温かいその場所を、撫でるように舐める。やっぱり届かない。毎分毎秒、健気《けなげ》に鼓動し続けて、感情と一緒に駆け出して速いビートを打つ。彼女を動かす生命の源。

私の上に乗っかった彼女は征服欲でも満たされるのか、黒い瞳がきらきらと輝いている。病気のときは決して肌を見せようとせず、どこでも早着替えみたいにしていたのに、大した変化だ。体形が戻って自信が回復したのだろう。

朝陽を浴びて、お互いに余すところなく照らされている。

ねえ、いつだって自信満々でいてよ。いつまでも太陽の下でしようよ。私たち、どうなっても、見てるのはお互いだけ。肉がつこうが、頬が痩《こ》けようが、骨になっても二人でいようよ。

なぜだろう、彼女が美しければ美しいほど、命の儚さを思い知るのは。自分たちが、やがては滅びる肉体の持ち主だと、嫌というほど意識させられる。

上手く言えない。でも、忘れない。

彼女の頭が私の肩まで下りていき、敏感な先が熱く濡れた口内に包まれると声を抑えきれなくなった。人は涼しい皮膚の下に、臓器のこれほどの熱さを常に隠している。普段の暮らしでは理性にくるまれている本能のように。私たちは心にも身体にも、常に外側と内側がある。表皮を剝がして熱い中身に触れるとき、初めてお互いの本質を知る。何にも守られていないからこそ、命をかけた冒険になる。

生きている限り人間は何かを食べて、夜になれば眠る。生殖だけが目的ではないとほとんどの人が気づいているのに、なぜこの欲だけは〝いつかは枯れる〟と信じ込まれているのだろう。

いつかは燃えて灰になる。どれだけ息巻いて足掻《あが》いても、結局最後は骨しか残らない。今しか動いていない。ものすごく不遇な最期を迎える可能性も否定しきれない。百年後には間違いなく実在しない自分の手、彼女の手、みんなの手。この肉体を故意に苦しめる必要は、一体どこにあるだろうか？　命は儚い。ただ愛とか栄光とか幸福とか友情とか、もっと儚いものが身近にありすぎるため忘却しているだけだ。

どんな退屈な毎日の連続でも、同じ場所には留まっていられない。絶えず時間を移動し肉体を衰えさせて確実に死に近づいていく。骨や灰や塵《ちり》になる、それまでの短いひととき、なんで自分を、もしくは誰かを、むげに攻撃する必要があるだろうか。同じ時代を生きているだけでも奇跡のような巡り合わせの周りの人たちを。

母から連絡があり、暇があったら休暇を取って帰っておいでと単独の帰省を促された。また説得されるのではと構えて実家に帰ったが、両親共にそんな気配はまったくなく、もっと頻繁に帰ってきなさいと叱られた以外はなんのお咎《とが》めもなく、むしろたくさんの料理で歓迎された。

「何か言いたいことがあって呼び出したんじゃないの」

「そんなんじゃないよ、最近顔見てなかったから元気にしてるか心配になっただけ。ほら、あんたの好きな甘辛の肉団子、たくさん作ったんだから早く食べなさい」

母も父もあまり真正面からぶつかるタイプではなく、私たちは激しい親子げんかをすることも少なかったから、今回の二人の態度も不思議ではなかった。おそらく本当に電話で話した以上の話をするつもりはないのだろう。その明らかに避けている態度はさびしくもあったが、二人がいつもより優しく私に接してくれているのは伝わってきたので、文句を言うのは控えた。反対はしているけれど、私をいじめたいわけではない。気落ちしていないかどうか気遣っているのだろう。

ちょっとほっとしてはいるけど、勇気を出して言ったことを、無かったことにされるのもなぁ。

ほんの小さい子どもの頃、私はスカートを穿くとしょっちゅう自分でまくり上げては臍とパンツを皆に見せていた。何も考えずおもしろいからやっていただけなのだけど、それを見た両親があわてて私の手をはたき、スカートを元の位置に下ろした。スカートの中身って見せちゃいけないんだなと知った。

あの頃の母親の、焦った若干気まずそうな顔と、注意するとき普段は口うるさいくらいなのに、なんでスカートをまくり上げたときは口で説明しないのか不思議に思ったこと、ばあっとスカートをまくる度になぜか誇らしかった無邪気な自分を思い出し、懐かしく微笑ましい気持ちになったが、もちろん今の問題はそんな簡単なことではない。

とはいえ、私は両親の作り出す昔ながらのくつろいだ雰囲気に急速に順応した。でも私の好物で埋められた夕飯のあと、テレビから彩夏の復帰第一弾のＣＭが流れてきたときの、茶の間に鋭い緊張が走る気まずさには、思わず苦笑してしまいそうになった。風邪薬の有効成分について明るい声で説明する彩夏が画面に映ると、それまで一緒にテレビを観ていた両親は同時に目をそらし、母はキッチンへ、父はテーブルにあった広告を広げて視界を遮った。

お風呂に入ったあと二階の廊下を歩いていると、デートから帰ってきた望と鉢合わせした。しばらく見ない間に彼女は垢抜《あかぬ》けたファッションになり、以前にも増して明るい顔つきになっていた。

「お姉ちゃん、会いたかったよ！　お正月以外に帰ってくるの久しぶりじゃない？」

「そうだね、仕事が忙しくてご無沙汰しちゃった」

「もう、働き過ぎだよ。でもなんかお姉ちゃん、しばらく見ないうちに雰囲気変わったね。前は仕事大変そうで厳しそうな雰囲気だったけど、今はだいぶ柔らかくなった。良いことでもあったの？」

「それを言うならあんたでしょ。幸せオーラでほっぺたが桃みたいになってるよ」

望はあわてて頬を押さえる。

「え、それって太ったってこと!?」

「違う違う、つやつやで血色が良いピーチ色をしてるってことだよ」

「良かった、ウェディングドレスを綺麗に着るために減量してるのに、ほっぺたぷくぷくになっちゃったかと思った」

いつもの望なら、私と両親の間に流れる微妙な空気に気づいたかもしれないが、恋人とのことで浮かれていてまったく気づいてなさそうだ。

望には彩夏のことを言いたいなと思ってはいたものの、両親の言う通り、望にとってこんなに忙しくて幸せな時期に困惑させる必要はまったくない。折を見て話せばいい。

しかし、その折はいつか来るんだろうか？

ネットの掲示板で同じような恋愛の悩みを抱えている人がいて、彼女は家族に打ち明けられないまま五十代になっていた。本当は女性の恋人がいるが、老いた両親にとっては結婚できない娘でいた方がまだ許容範囲なので、そう振る舞っていると。私たちは誰を傷つけたいわけでもない。まして身内の、家族の人たちを混乱させたくなどない。でも一番近しい人たちに自分を偽り続けて接するのはすごくさびしい。

無理やり引いた一線は、ごく一部に関する事柄だけを隠しているようで、実は私という人間のほとんどすべてを隠している。隠すか偽るかを長年続けていれば、人間関係は歪みを避けられないだろう。茨《いばら》の道を自分で選んで進んでいるのに、孤独が恐い。自分の弱さを見せつけられる。この年になっても尚、身内には全部相談して甘えたい欲がある。

妹の部屋からはアニメのポスターが綺麗に取り払われ、お嫁入りに備えて荷物はあらかたまとめてあった。この部屋がまだオタクっぽかった頃、あんたいつまでアニメの世界に浸ってるの？　ちょっとはおしゃれでもしたら？　などと偉そうに私は言っていたが、いまや妹は姿見に全身を映してチェックしつつ、デコルテや背中にニキビ防止のビタミン配合化粧水を塗り込んでいる。

「お姉ちゃん、背中の真ん中辺りまでコレ塗ってくれない？　私じゃ手が届かなくて。

ドレスのデザイン、かなり背中が開いてるから、ケアしなきゃいけない範囲が広くて」

望に手渡されたガラス瓶から薄橙色のとろっとした液を手に垂らし、背中の指示された辺りにまんべんなく塗った。

「バックが深くまで見えるデザインなんて、きっとかっこいいんだろうね」

「うん、マーメイドタイプで細身で大人っぽいシルエットのドレスなんだ。森也《しんや》さんが選んでくれた。私にとっても背中が開いてる分、胸の方が詰まってるから都合が良くて。こんな貧乳は晴れの場では晒せないよ。でもその分痩せないと着こなせないから、最近いつもお腹空《す》いてるの。あー、フライドポテト食べたいなぁ」

妹はいつもより口数が多く、瞳もきらめいて、側に居るだけでこっちもワクワクしてくるほど華やいでいた。

「実は私ね、森也さんが初めて付き合った人なんだ」

「知ってたよ。家族全員知ってると思うよ」

「ばれてたか。そういう、初めての彼氏のとこに嫁ぐなんて、思ってもみなかった。もっとお姉ちゃんみたいにたくさんの人と付き合って、その経験から自分に合う男の人を見つけていくもんだと思ってた」

「自分に合う人を早く見つけられたのは、すごく良いことだと思うよ。最初に付き合った人が結婚したいと思うほど自分に合ってるなんて、素敵じゃない」

「ありがとう。お姉ちゃんは自分に合う人見つけられた？」

私は思わず微笑んだ。

「まあ私のことは、今はとりあえずいいでしょ」

「そうだよね、お姉ちゃんはもともと私よりも全然モテてきた人だもん、好きな相手くらい自分で見つけるよね」

まったく見当違いの方向から、私を傷つけないように配慮している妹が可愛い。

「ねえ、森也さんとは九歳も年が離れてるんでしょ？　どんなこと話すの」

「森也さんも私も映画が好きだから、その話とか、あと森也さん国内旅行が好きだから、どの県はこんな感じだったって教えてもらったりとか。そうだ、お姉ちゃん私ね、まだアニメは卒業できてないんだけど、自分の趣味のことまだ森也さんに話したことがないの。受け入れてくれるかな」

「え、まだアニメ好きだったの。ポスターとか捨てたのに？」

「まさか！　仕舞ってあるだけで捨ててないよ。きっと一生好きだよ。ねえ、新居に推しのカレンダーを早速貼ったら怒られるかな」

そう言いながら妹が開けた段ボール箱にはアニメグッズがぎゅうぎゅうに詰め込まれていて、私は笑うしかなかった。大した嫁入り道具だ。

明け方、私は家を出た。いつもの平和な朝食の時間に、自分が余計なことをぽろっと言い出さないか不安になったからだ。眠たい目を擦りながらお味噌汁をすすり、誰かのあくびや朝のニュースのアナウンサーの声が聞こえる実家の平穏を壊す気持ちは毛頭なかった。本来なら大声で誇りたいほどの彩夏の存在が、間違いなく私の家族の平和を乱すという事実がただ悲しかった。また黙殺されるくらいなら、もう二度と口に出さない方がましだ。とはいえ、以前と変わらずに接して私の気持ちを和ませてくれたのはありがたかった。

おーい、と後ろから声が聞こえて、振り向くと早朝の誰もいない道路を、父がこちらへ向かって歩いてくる。

「えらい早いこと出ていったんだな」

「昨晩メールが入って、急な仕事で呼び出されたから」

近くまで来ると、私の嘘を見抜いたように父が笑った。

「なあ逢衣、恋人のこととかで色々あるみたいだけど、あんまりせっかちに考えすぎるなよ。父さんも母さんもまだ整理しきれてないし、正直どう対処したらいいか分からない。対応に困ってる。でもお前を思う気持ちに変わりはないよ」

正直すぎる意見に私は苦笑いを浮かべるしかなかった。

「困らせてごめん」

「また父さんと母さんでも微妙に意見が違うから、余計厄介《やっかい》なんだよなぁ。昨日お前がやって来る前にもずいぶん喧嘩したんだぞ。母さんはまだお前は言うことを聞く性格だと思ってるみたいだけど、俺はちょっと違うから、なんやかんや言い争いになった。お前が突飛なのは昔からだから、もう父さんは諦めてるけど、母さんは未だに自分が進んできたような幸せな道を歩んでほしいと思ってるみたいだな」

「父さん、諦めてるんだ」

「そうだよ、俺は物分かり良いから。でもやっぱり母さんと同じで、わざわざ苦労する道を選ぶ必要はないと思ってるよ。とはいえ、お前は悪いことしてないからな。病気でもないし。おんなじ告白でも、身体のどこかを悪くした、みたいな方がよっぽど嫌だしな」

　慰めてくれようとしてるんだ。胸が熱くなった。同時に最近は丸くなって夫婦喧嘩も滅多にしなくなったはずの両親を揉めさせる原因を作ってしまったことが、申し訳なかった。

「ま、本音を言えばお前が冷めるか向こうさんがお前に飽きるか見放すかして、アッサリ別れてくれると一番ありがたいんだけどな」

「それ、私にとってはかなり辛いコースなんだけど」

「でもどちらにしろ、人の心はなるようにしかならんから、まあ体調は崩さないように頑張れ。あと、父さんと母さんに時間をくれ。俺たちももう六十を超えて、無理は禁物なんだ、分かるだろ」

「うん。分かります」

朝陽に照らされた父の顔は、相変わらず優しかったが、一回り小さくなり、口の周りと頰には見たことがない皺が刻まれていた。毎年正月には会っているのだから知っているはずなのに、昔の若い頃の父の記憶が強く頭に残っているせいか、年相応に老けた父親に今更ながら驚いた。当たり前だけど、私だけではなく、誰にでも平等に時間は流れている。

「心配しなくても、そんな物分かりの悪い親じゃないから安心しろ」

父と別れ、駅に着いた頃、今度は母親から電話があった。

「朝起きたら逢衣がいなくて、びっくりしたよ。父さんもいなくなってたから、どうしたのかと思いながら家で待ってたら、父さんだけ帰ってきて事情を話してくれたよ。挨拶もなしに出ていくなんて水くさいじゃない」

「ごめん。皆まだ寝てたっぽいからわざわざ起こすのも悪いと思って」

「そんな遠慮することないから、次また来たときはちゃんと声かけてよ。帰る前に渡そうと思ってたものがたくさんあったのに。まあいいわ、また近いうちに来なさい」

母はまだ何か言いたそうだったので、電話を切らずに待ったが、「風邪引かないように気をつけなさいね」という言葉を最後に向こうから切れた。

　彩夏が復帰して本格的に忙しくなる前に海外へ旅行したいという話になり、急遽《きゅうきょ》二泊四日で一緒にハワイ島へ行くことにした。私が家族のことがあってどことなく気持ちが沈んでいたのを彩夏が見抜き、声をかけてくれたのかもしれない。二人の予定の合う日が少なくて滞在日数が短いのは不満だったが、初めての二人きりの海外旅行は、純粋に楽しみでしかない。

　予定時間より早めに到着した羽田《はねだ》空港で、私たちは当日までに準備できなかった旅の必需品を、ショップで急いであれこれ買った。彩夏がスーツケースベルトを忘れたというので、トラベルコーナーを探した。商品棚にぶら下がる様々なベルトのなかで、私は冗談ぽく七色のカラーのベルトを指差した。

「これにしようよ」

「えー、他のが良い」

「アピールはしない主義だから？」

「主義とか関係ない。私は単色の淡い色が好き」

結局彩夏は薄い緑色のベルトを選び、私はとりあえず綿棒を買ってみた。私は彩夏とは違い、必要そうなものはすべて持っていくと安心する性質なので、スーツケースの中には既にぎっしり物が詰め込まれている。

飛行機に乗り込んでから十時間後、ハワイ島のヒロ空港に降り立ち、快晴の飛行場で私たちがまずしたことは、靴と靴下を脱いで、ビーチサンダルに履き替えることだった。太陽に焦がされたアスファルトは思ったより熱く、飛び跳ねながら白い靴下を爪先から引っ張る。もちろん空港内で履き替えれば平穏なのだけど、はやる気持ちを抑えられない私たちは、サンダル履きになった途端に小走りでターミナルに向かった。

ハワイ島は八つの大きな島と百以上の小島からなるハワイ諸島の主要な島の一つで、面積はもっとも大きい。ワイキキビーチやホノルルなどがあり一番栄えているオアフ島とは違い、キラウェア火山から流れ出した熔岩《ようがん》が覆う黒い大地の、荒々しい自然に彩られた島だ。二人で海外旅行の候補地を検討していたとき、私が紀行エッセイの本で初めてこの島を知った、高校生の頃から訪れてみたかったと語ると、じゃあそこへ行こうと彩夏は即座に同意してくれた。直行便はあるものの本数は少なく、私たちはホノルルの空港で乗り継ぎをした。ハワイ観光の目玉の一つであるブランドショップ街などは無く、主な生産品はコーヒーというこの素朴な島に、彩夏も興味を持ってくれたのが嬉しかった。

空港前に並んでいたタクシーに乗り、私たちは島の面積の半分を占めるマウナ・ロア山のふもとにある教会を目指した。東から西へ、島を横断するハイウェイを走ってゆく。ごろごろした黒い熔岩が転がる、広大な真っ黒の大地を通るハイウェイで、私たちは歓声を上げて窓を開けた。

「本当に熔岩の大地以外は何もないんだね！　全部が焼け焦げちゃった世界みたい」

「本当にね。でも荒れてる感じはしないね。威厳があるっていうか」

「うん、自然の強い力が迫ってくるね。向こうの方とか、ちょっとは草も生えてるけど、野生の動物は住めるのかな」

「ほとんどの動物たちは火山に住んでるだろうね。あそこには緑も水もありそうだし」

彼方にそびえるキラウェア火山は黒い大地と対照をなして、雄壮な緑の木々に覆われている。

道端には時々真っ白な大きな十字架が立ち、それは色とりどりの花で編まれたレイや、白い石、墓標などで飾られていた。交通事故で亡くなった人へ捧げられたのか、熔岩流の犠牲者なのか、そうではないのかは分からなかったが、そのぽつぽつと立つ十字架は黒い果てしない大地の上でとても目立った。お墓というと、つい恐がってしまいがちだが、愛情をこめて綺麗に飾られているせいか、親しみやすく、お盆の時季にふいに魂が墓の下から出てきて火山の方へ帰っていったとしても、驚かないような雰囲気だ。この島には別の風習はあっても、お盆は無いだろうけれど。巨大な山の頂きは雪で白く染まり、私たちがいる暑いくらいのハイウェイとの気温差の激しさが見てとれた。ガイドブックに書かれていた〝ハワイ島には世界最多の気候帯が存在する〟という言葉を実感する。

地元の村を通りすぎると、タクシーは急な上り坂の山道へ入っていった。あそこに生えているのがコーヒーの木だと運転手さんが深い緑色の葉っぱの木を指差して英語で教えてくれた。この島で育ったコナコーヒーの豆をお土産に買って帰りたい。

また建物群が見えてきたが、今度は先ほどのふもとの村よりずっと小さい、お店などはなく住居だけが点在しているような集落だった。タクシーを降りた私たちは、芝生の上を歩いて、こぢんまりした古く白い教会のドアを開けた。

ペインテッド教会は、その昔ベルギーから訪れた司祭が、言葉の通じないハワイの人々に聖書の内容を伝えるために壁に描いた色とりどりの絵が美しく、観光地になっている。来訪者用のベンチとその奥に祭壇のある内部は無人で、入り口の小さな机に観光客向けに絵はがきだけが置いてある。厳かさよりも楽園的な明るい雰囲気に満ちた祭壇には窓から日差しが降り注ぎ、生き生きとした聖人の壁画が優しく来訪者を歓迎し、祝福の雰囲気に満ちていた。彩夏は祭壇の前のベンチに座り、顎を心もち上げて十字架を眺めている。

「可愛い雰囲気の教会だね。ガイドブックには小さい記事しか載ってなかったけど、来って良かった」

振り向いた笑顔の彼女は、瞳が日差しに透けていつもより茶色く見えた。

「私、天井のヤシの木の絵が一番好きだな」

私が天井に描かれた空とヤシの木の絵を指差すと、彩夏はヤシの木と一緒の写真を撮ってくれた。

私たちの泊まるヒルトン・ワイコロア・ビレッジは、周辺には何もない広大な面積の土地を丸ごと買い取った、テーマパークのようなリゾートホテルで、あまりの広さにホテル内の移動手段はモノレールが主になっているほどだった。ヨーロピアンリゾートスタイルのロビーでチェックインした私たちは、ホテルの敷地内を周遊しているモノレールに乗って、宿泊するタワーまで移動した。キングサイズのベッドが麗しい、シックなトロピカル調のくつろげそうな部屋で、私たちは中へ入ると真っ先にベッドに転がって、洗いたてのリネンの香りを堪能したが、短い滞在期間のなか寝転がっているのも惜しく、すぐ起き上がって行動を再開した。

私たちはホテル専用のビーチで泳いだり、野外のレストランでポリネシアの串焼き料理を食べたり、火食い芸のアトラクションを見たりと、慌ただしく動き回った。それらすべてはホテルのなかで行われて、外に出ていく必要はなく、また外に出たとしても徒歩で行ける距離には何もないので、世界一楽しい監獄という気がしないでもなかった。

島自体の雄大な自然のイメージから、このラグジュアリーなホテルは良い意味でも悪い意味でも完全に切り離されていた。

日本の暦ではオフシーズンだからか、日本人らしい観光客をほとんど見かけないのをいいことに、私たちは砂浜を手を繋いで移動し、コーヒーショップでは他の外国人のカップルたちと同じようにお互いを抱き寄せながら座った。誰一人こちらを注視などせず、愛情を隠さずに振る舞っても、誰にも違和感を与えないようだった。このホテルにとっても、他の宿泊客たちにとっても、私たちは何のレッテルも貼られていない、ただの恋人同士だった。リラックスした笑い声を交えながら盛り上がる外国語の会話、素肌に心地よいそよ風とまろやかな日差しの太陽、楽園の開放的な甘い空気が、どこにいても私たちをのどかに包む。日本では考えられないほどビッグサイズのＢＬＴサンドやパンケーキを食べて、大口でかぶりついているお互いの顔に笑った。

モノレールに揺られてまた宿泊タワーに戻ってきた私たちは、興奮がさめなかった。

「誰も私たちのことなんか気にしてなかったね」

帰りのモノレールは寝転べる仕様で、満天の星を見ながら乗れるのだが、そこで横並びになった私たちがキスしそうなくらいの近い距離で、囁き合いながら星を眺めていても、同乗していた人たちは気にも留めず、みんな夜空にさざめく星々に夢中だった。

「ちょっと日本を離れれば、こんなに自由だったんだね。私、人の目ばかり気にして生きて、馬鹿だったかもなぁ」

ベッドに腰掛けて上を向き、今までの日々を思い浮かべているのか、彩夏は笑いながらも遠い目になった。

「私たちみたいなカップルがめずらしくない訳ではないだろうけど、びっくりされる感じはないね。彩夏は気づかなかったかもしれないけど、乗り継ぎのホノルルの空港でも手を繋いでる男の人同士がいたの。でも周りの目を引いてなかったし、本人たちも堂々としてた」

「ね、私たち今まで何をあんなに真剣に悩んでたんだろうね」

日本での窮屈さが逆に絵空事に思えるほどの開放的な空気のなか、彩夏と話していると、笑いたいのか泣きたいのか分からない気分になって、目にうっすら涙がにじんだ。こぼれないように鼻から思いきり息を吸い込む。湿っぽい雰囲気にしたくない。場所によって人の生き方は、こうも変わるのだ。純粋に楽しむだけのために来た海外旅行で、思わぬ事実に気がついてしまい、まだ完全に受け止められずにいた。

「いっそここに移住する？　あ、逢衣は職場があるからダメか。私は通いでも仕事続けられそうだけど」

彩夏の言葉にベッドから身を起こす。

「移住、いいかもね。毎日こんな空気に包まれて過ごせたら最高だもん」

解決しなくてはならない問題はたくさんあるものの、突然わいて出た移住プランに、私たちの心はおどり、夜遅くまであれこれ話し合った。

翌朝、ゆっくり寝て昼から遊び始める計画を立てていたにも拘わらず、私たちは幾種類も重なるけたたましい鳥の鳴き声に叩き起こされた。ニワトリのような鋭い鳴き声の鳥がいたわけではないが、どうも近くの木々に数えきれないほどの鳥が止まっているようで、窓を閉めきっていても、ジャングルの奥地で目覚めたような騒々しさだった。綺麗に整備された人工的なトロピカルホテルが、野生の逞しさを覗かせた瞬間だった。

目覚ましのために熱いシャワーを浴びた後、温かみのあるウッド調のインテリアのバスルームで歯を磨いていたら、彩夏がベッドに腰かけて何か作業している後ろ姿が目に入った。てっきり化粧でもしているのかと思ったら、ぶつぶつと口の中で呟きながら台本を読んでいる。

「それこの前言ってた復帰後第一作のドラマの台本？　ハワイまで持ってくるなんて、熱心だね」

「うん。帰国するまでに覚えなきゃいけないから」

「帰国するまで!?　もうすぐじゃない。大丈夫なの？」

「いけると思ってたんだけど、なんか昔と違って言葉がすぐに頭に入ってこない。ブランクがあったせいで記憶力が衰えてるかも。でもまあそんな長くないし、大丈夫でしょ」

「え、しっかりやった方がいいよ、ちゃんと覚えてなかったら現場で〝やっぱり荘田彩夏衰えたな〟って思われるよ」

「それはヤだ」

私は彩夏の台本の暗記を手伝い、彼女が覚えきれていない箇所は、容赦なく何度も復唱させた。

やっと必要な範囲の台詞を覚え終えると、彩夏は腕を上げて伸びをした。

「ありがとね、もうこれでなんとかいけそう。朝ご飯食べに行こう」

「そういえば私が彩夏のダンスの練習に付き合ったことがあったよね。あの後オンエア見たけど、彩夏じゃなくて別の人たちが同じ曲で踊ってたよ。あれってなんでああなったの？」

「またずいぶん昔の話を引っ張り出してきたね」

「ねえなんでなの、私、彩夏と会えなかった間もずっと気になってた」

「あれはね、正直言うと、ただ逢衣と踊ってみたかっただけなんだ」

「え？」

「あの頃見た映画に、男の人のカップルが踊ってる、すごく切ないシーンがあったの。

二人とも愛し合ってるのに、緊張してこわばった顔で踊るんだ。で、私たちならどうなるかなってちょっと思ったから」

「そうだったんだ。はっきり言ってくれれば良かったのに」

「映画に憧れたとか、なんか気恥ずかしくて言えなかった、ごめん」

「まあいいや。楽しかったし、ちょっとしか居られなかったタワマンの良い思い出になったし」

「あそこほんとすぐ追い出されたよね」

私たちはタクシーでホテルを出発し、あらかじめ予約していた島一周ツアーに参加した。ただの見学ツアーではない、扉の無いヘリコプターに乗り込んで上空から島の全貌を眺めるのだ。これこそまさに私が高校生の頃から憧れ続けていた空中散歩だった。悪天候だとフライト中止の可能性もあると、予約の段階で釘《くぎ》をさされていたが、ラッキーなことに今日はよく晴れている。こぢんまりとした円い飛行場で、生まれて初めてヘリコプターの狭い機内に入った。私の後ろから、そろそろと彩夏も腰を折り曲げて乗り込む。私たちの他にも観光客があと二人乗り込んだ。幸いにも私の席は窓側だ。パイロットは既にスタンバイしていて、私たちに英語で挨拶した。

機体が地面からふわりと飛び立つと、プロペラの回る激しい音と空に浮かぶ感覚に、興奮で鳥肌が立った。彩夏は違う意味で鳥肌が立ったようで、みるみる下界から遠ざかりながらも、扉が無い上に風に揺られて安定しない機内で、一切窓の方は見ずに、蒼白な顔で前を向いたまま固まっている。

「あれ、高所恐怖症だった？」

「違う、でもこれ想像してた以上ワイルド」

恐怖からかしゃべり方が若干カタコトになっている。ガイドは最初英語で説明をしていたが、私たちが分かってなさそうなのを感じとると、英語のあとにごく簡単な日本語で下に広がる景色を説明してくれた。

あれが熱帯雨林、あれがレインボー滝。あらかじめ予習しておいた周遊ルートをガイドの説明と頭のなかで照らし合わせながら、絶景を覗き込む。滝にかかる虹は見つけられなかったけど、白くしぶきを上げて流れ落ちる滝の迫力は空から見ると余計に伝わってくる。

「彩夏、見て！　渓谷のなかに滝がある」

「うん、あとで見る」

「もう通りすぎちゃうよ！」

こわごわと窓の方へ顔を近づけて彩夏が外を見た。あまりの景色に恐怖心を忘れたのか、目を離せない様子でずっと見ている。

真っ赤な熔岩流が輝きながら緑深い森へ流れていくさまを、雲の間から見つめた。ぎりぎりまで火口に近づく機体に、熔岩の熱まで伝わってくる。

私は黒々とした口をぽっかり開けた火口の絶景に夢中になった。

無事着陸したあとまたホテルに戻り、レストランのポーチで簡単な昼食をとったのち、複数のプールがある広場へ移動した。浅いプールや波のプールがあり、浮き輪をつけた子どもやカラフルな水着の男女が楽しそうに泳いでいたが、私たちはプールには入らずに、イルカを見に行った。ここではイルカと直接触れ合うことができる。イルカたちは、いまは休憩中で、繋がった広い二つのプールを行ったり来たりしていた。プールの縁にある柵にもたれかかり、間近で彼らを見ると、特に目的はなさそうなのに、せわしなくきびきび泳いでいる。水のなかの灰色のなめらかな背中が、時々太陽光を反射して輝く。

「ここはすごく素敵な場所だけど、住むっていうのは、違うね」

私が用心深く言葉を選んで呟くと、同じようにイルカを見つめていた彩夏が頷いた。

「うん、違うね。昨日の夜は、本気で移住したいと思ったけど」

リアルに移住を考えると、日本にいる家族や親しい人たちの顔がどんどん思い浮かんできて決心がつかない。お互いの腹の底を探り合うかのように、二人とも同じタイミングで無言になったので、私はおもしろくなり笑いながら彩夏の肩を叩いた。

「そんなに畏《かしこ》まらないで。二人とも素直に感じたことなんだから、仕方ないよ。こういうのって感覚が大事だから頭で考えてどうにかなる問題じゃない」

「でも将来的にはここへ移り住んでもいいかもね。だって環境的には最高でしょ。湿気が少ないから暑くても爽やかだし、何より私、この島に吹く風が気に入ったよ。大ざっぱに吹くのに、優しく包んでくれる感じがする」

「将来ってどれくらいの時期に？　あ、訊いちゃいけなかったか」

「え、なんで？」

「だって将来の話すると、彩夏はよく怒ったじゃん。私は年取った自分が想像できない、とか言って」

彩夏は笑って私のおでこを人差し指で軽く押した。

「そんな昔に言ったことを持ち出さないで。今はもう、なんとも思ってないよ。話戻るけど、そうだな、時期は逢衣が定年になるくらいのタイミングでどう？」

「ずいぶん先だね。じゃあその頃にもう一回考えてみよう」

定年となるとあまりに先の話で、それまでの間に一体何が起こるかは見当もつかなかった。でも未来の話をすることが、先まで続く二人で歩く見えない道を作っていくようで、私たちはプールの間の通路を歩きながら、自分たちの未来の様々な話をくり広げた。

彩夏の復帰にあたって我が社でもなんとか彼女のインタビューを記事にしたいという

意見が上がり、女性誌の編集部が思い出したのは私が彼女の友達だったという古い情報だった。なんとか彩夏と彼女の事務所に話をつけてくれないかと同僚の黒木《くろき》さんに懇願された私は、無理だったら断ってもいいからと前置きしてから女性誌でのインタビューを持ちかけてみたのだが、彩夏は快諾した。セッティングも頼まれたので、羽場さんに声を掛けた。

「こっちは泊まり込みの撮影でくたびれてるんだ。延びに延びてスタジオで夜を明かしたよ。しばらく仕事は引き受けたくないなぁ」

「そう言わずにお願いしますよ。今年は貪欲に仕事に邁進《まいしん》するみたいなこと、この前の飲み会で言ってたじゃないですか。早速破ってますよ」

「その言い草はなんだ。こっちはパンツも穿かずに頑張ってるのに。替え持ってき忘れて、洗う暇もなくてズボン直に穿いてるんだぞ」

「荘田彩夏さんのインタビューなんです。復帰してすぐだから、注目度高いですよ。彼女、私の友達でもあるんです。羽場さんの腕で綺麗に撮ってやってくださいよ」

「それを早く言えよ、荘田彩夏ならもちろん行くよ。へえ、復帰したの？　病気じゃなかったっけ？」

「元気になりましたよ。企画書送るので読んでください。あとパンツはコンビニで買って穿いてくださいよ。お腹冷えますよ」

へアメイクの河野さんは快くすぐに引き受けてくれて、その他もろもろの手続きを済ませて、インタビューのセッティングは整った。

我が社の一室で行われるインタビューの場に私も同席することになり、マネージャー他数人とやって来た彩夏を他の編集者と共にお辞儀して迎えた。初めて見た彩夏の新しいマネージャーは武田《たけだ》さんという人で、米原さんとは全然違う、若干強面《こわもて》なタイプの筋肉質の男性だった。

私は自分の立ち位置を上手く摑めず、どう接したら良いか分からずにどぎまぎしそうになるのを必死に抑えて、ビジネスライクでありながら昔からの知り合いに会うときのくだけた雰囲気を心がけ、部屋に入ってきた彩夏に「今日はありがとう」と声をかけた。彼女も笑顔で私の腕を軽く叩いた。

インタビューは全身疼痛をいかに克服したかが主題で、彩夏はインタビュアーに訊かれるがまま率直に、痛みで起き上がれなくなった経緯から通院を経て復帰するまでの過程を語った。

「原因不明の身体の痛みに襲われて、仕事もできないなか、かなりの不安を抱えられていたと思います。そのようなお辛い状況のなか、もっとも心の支えになったのは何ですか」

「恋人の存在ですね。病気になる前の私は、仕事はすごく充実していましたが、そちらに情熱を傾けすぎて、プライベートはすごく孤独だった。そんなときひどい別れ方をしたのに昔の恋人が私のもとへ戻ってくれて、お風呂にも一人で入れない状態だった私をサポートしてくれたんです」

身体じゅうの血がすべて下に落ちてゆく感覚になった。私は表情が変わらないよう取り繕ってはいたが、テーブルの下に隠した手は汗ばんで、今日は灰色のスーツを着ているのに手のひらを置いた膝に汗がじっとりにじんでしまうのではないかと危惧し、微妙に浮かせた。同じように武田マネージャーも緊迫した表情で、彩夏を見つめている。

何を言うつもりなのか、暴露してしまうつもりか。恐れる一方で、公の場で私への愛情を語る彩夏を想像すると、とてつもなく嬉しい。今ここで「彼女の恋人は私です」と堂々と名乗れたらどんなに幸せだろう。皆に彼女がここまで立ち直ったのを支えたのが自分だと分かってもらえたら、どんなに誇らしいだろう。私は俯いたまま、笑顔になるのを抑えきれなくなった。やっぱり彩夏の考えの方が正しかった、私たちはちゃんと恋人宣言をして、たとえ驚かれてもそれも受け止めて、堂々と前を向くべきだ。

その恋人とは誰かと訊かれた彩夏が、私を黙って指差す映像が頭に浮かび、期待と恐れが激流のように渦巻く。

「あの人は本当に大切な、私にとってはかけがえのない男性です。彼には一生を通じて感謝の気持ちを伝えていけたらいいなと思っています」

身体じゅうから力が抜ける。私は瞬きも忘れて呆然《ぼうぜん》とした。

「すみません、今のは記事にはしないでください。プライバシーに関する記述は無しの方向でお願いいたします」

武田さんが指でバツ印を作り有無を言わせぬ厳しい口調で釘を刺すと、黒木さんはあわてて頷いた。

「もちろんです、当初のお約束通り書きませんし、あとでゲラをお渡ししますから、そのときにも確認してください」

「記事にもできないような、余計なことを言ってしまってすみません。さっきの質問ですが、また仕事に復帰して作品のなかでその登場人物として生きたかったから、って答えに変えてもらえますか。それも事実なので」

インタビューが終わり、彩夏が着替えのためにマネージャーと共に出ていくのを見送った。

「部屋のなか暑かったよね。ドライヤーあるけど、乾かす？」

近づいてきた河野さんが私に囁いた。

「え？」

「南里の背中、それ汗だよね？」

部屋の隅にあった姿見で背中を映してみると、灰色のジャケットに大陸の地図みたいな汗模様が広がっている。

「わあ、恥ずかしい。確かにちょっと暑かったけど、ここまで汗をかいてるとは」

「暖房ききすぎてたね。私も暑かったんだけど、彩夏さんが写真撮影で薄着だったから、しょうがなくて」

「いや、私が暑がりすぎるせいなんです。すぐ乾くと思うので、このまま行きます」

しかし実際はなかなか乾かず、彩夏たちと食事に行くために社屋の外へ出たときには、汗で濡れたシャツは冷たく背中に張りついていた。

食事の席には、かつての編集長だった部長も同席して、彩夏に「お久しぶりです」と挨拶した。

「僕はもう何年も前に、この二人とあるイベントで会って、挨拶したことがあるんだよ。相変わらず二人が並ぶと恐ろしいね、昔の迫力そのまま」

「何が恐いんですか。二人ともお綺麗な女性じゃないですか」

部長の言葉に河野さんがそう返すと、彼はあわてて首を振った。

「いや、見た目じゃなくてオーラがさ。僕なんかが二人の前に出たら、けちょんけちょんにダメ出しされそうじゃない？」

「部長は私たち二人のこと、二匹のドーベルマンみたいって言ったんですよ」

私が口を挟むと皆が笑った。それが〝分かる分かる〟という感じのちょっと大きい笑い声だったので、本当にそんな感じがするると皆思ってるんだなと気づき、私は苦笑いした。

「その、会ったのっていつくらいなんですか?」

「あれはいつだっけ、僕が編集長やってた頃のことだから、八、九年前かな」

「二人はそんなに昔からの友達なんですね」

河野さんの言葉に彩夏が笑顔で頷く。

「はい、逢衣とはもう九年も前からずっと良い友達ですね。出会ったときまだ彼女はこの業界の人ではなくて、だから仕事の場じゃなく共通の知り合いがいて親しくなったんです。あの頃はこんな風に一緒にお仕事をする日が来るなんて思いもしなかったね」

彩夏に視線を向けられて、私は「はい」と返事した。

「なにが〝はい〟だか。今日は仕事だからこんなに大人しいですけどね、普段は私に対して逢衣はすごく口やかましいんですよ。今日の仕事の前にも〝誌面大きく割くんだから、ちゃんと真面目にしゃべってよ〟って釘刺されましたし」

「分かります。私と河野は、南里とプライベートで飲みに行ったりするんですが、そのときも一番年下の南里が、一番態度がでかいですから」

羽場さんの言葉に皆の笑い声がまた沸き起こり、私もようやく自分の役割を思い出して無理やり笑顔を作った。

「彩夏とは長い付き合いですからね、発破をかけておいた方が気合が入るって、こっちも分かってるんです」

「お二人が一緒にいるだけで、仲が好い友達同士なのが伝わってきますよ。長く続いている友人関係は貴重ですよね」

「はい、私が活動休止していたとき、彼女も心配して面倒を見てくれたり、色々とアドバイスしてくれて助かりました。ずっと仲好くしていきたい、とてもありがたい友人です」

　彼女の言葉に私は笑顔を作りながらも、俯きがちな首の角度を上げることが、その後の会食中、どうしてもできなかった。

　食事が終わりホテルのロビーで解散したあと、私は地下鉄で帰るふりをして、またホテルへ舞い戻った。ホテルの片隅で落ち合った私たちは、帰る前に違う階のバーに寄った。彩夏が予約した店の奥にあるソファ席はドアのある完全な個室ではなかったが、薄いカーテンで仕切られているのと、照明が暗いのと近くに客が誰もいないのとで、静かに過ごせそうだった。彩夏がいつも通りスプモーニを頼み、私はソルティドッグを頼んだ。私の前に、グラスの縁回りに霜のように塩が薄くまとわりついているカクテルが運ばれてきた。

一息ついた後、彩夏は私の髪の毛をいじった。ついさっきまでの仕事モードが残っている私は、なんてことのない彼女の所作に目が泳ぎ、今日の仕事のメンバーが万が一飲んでいないかが気になって、カーテンを細く開けて周りを窺った。誰も来ていない。

「私、上手く答えてたでしょ。他の取材でもあんな風に答えるつもりだよ」

「嘘言うの、嫌じゃなかったの」

私たちの声は自然にとても小さく、密《ひそ》やかになっていた。仕事の疲れとは関係なく、私は心の底から気分が沈んでいた。

「こわくなった」

彩夏が呟く。

「また逢衣と会えなくなるのが、こわかった」

私は言葉もなく頷いた。私の表情を見ると、彩夏はぱっと笑顔に切り替わった。

「でも嫌だったけど、いざ言ってみたらまったくこだわりがなくなった。むしろ穏やかな気分。私たちは私たちを守るために一生涯こんな風に嘘を吐くんだなと思ったら、受け止められたよ。仲が好い友達同士に見えるって言われて、素直に嬉しかった」

友達という言葉の良さを彩夏に認めてもらいたくて、今ようやくそれが叶った。なのに一旦涙がこぼれ始めると後から後から溢れ出て止まらなくなり、せめて嗚咽だけは漏れないように喉に舌をくっつけて耐えた。彩夏は私の肩を抱き、頭を撫で続けた。

「逢衣、結婚しよう」

　彼女の言葉が身体の中心の深い場所まで落ちて底へぶつかると、これ以上ないほどに切ない音色が反響した。心の内膜が剝がれるように涙がこぼれた。これ以上無い言葉のはずなのになぜだろう、この世で一番切ない気持ちになる。彩夏もまた穏やかな微笑みを浮かべながら、薄く涙の張った瞳で私を見つめている。

「私たちにとっての結婚って何？」

「誓うこと。一生寄り添い愛し合うって神様の前で宣言すること」

　私が彩夏の言葉を嚙みしめていると、彼女が私の手を握り指を絡ませた。そしてもう片方の手で持ってきたバッグの中身を探り、白いケースを差し出した。

　よく見なくても何か分かるその晴れがましい純白のリングケースに私は思わず吹き出した。同時に抑えつけていた喜びが胸のなかで花開いて、すぐ側で笑っている愛しい人の笑顔を、自分も笑顔で見返した。

　ケースを開くと中にはシンプルな銀の環《わ》が二つ並んで光っていた。予想外の展開に私は思わずケースを閉じた。

「婚約指輪じゃなくて、本気の結婚指輪じゃない」

「そうだよ。婚約指輪が欲しいなら、逢衣が心から気に入るデザインにしたいから、オーダーメイドでショップへ作りに行こう」

「ううん、私は結婚指輪があれば他になにも要らないけど、結婚したとも言ってない三十代の女がいきなりこれつけて出社したら、結構物議を醸すね」

「会社ではつけなくていいよ」

「いや、肌身離さずつけるよ」

なんの変哲もない普通の銀の結婚指輪。私たちの薬指を見て、誰かと結婚したのかと訊く人もいるだろう。私たちは〝誰とも結婚していない〟と答えるしかない。訊いてきた人は私たちを奇異な目で見るかもしれない。でも私は爪の先ほども悲しくはない。彩夏とずっと一緒に居るためなら私はどんな嘘でも吐ける。

私は再び箱を少しだけ開けて隙間からリングを眺めて胸がいっぱいになってまた閉め、またそっと開けて中身を見てはしゃいでをくり返した。

「あのさ、返事をまだもらってないんですけど」

彩夏が片眉を少し上げて、優しく促す瞳で私の顔を覗き込む。

「え？」

「だからさ、思いっきりプロポーズしたでしょ、私。返事は？」

私は彩夏に向き直り、彼女の頬に手を当てた。

「私からもプロポーズさせて。結婚してください、彩夏」

彼女がゆっくり笑顔になり顔を近づけてきて、目を閉じそうになったが、今居る場所を思い出し、そっと顔を逸らして避けた。彩夏はすぐ理解して一瞬さみしげな瞳で微笑み、囁いた。

「これからの逢衣の時間を全部、私と一緒に過ごさせて。死ぬまでずっと、側にいて」

正式な結婚は無理だとしても、何か他にできることは無いかと調べた私たちは、婚姻契約公正証書なるものがあると知り、早速手続きを進めた。二人とも書類手続きは苦手なタイプで、スムーズにはいかなかったが、公証役場に行き、公証人に頼んで契約書を作成した。

また区役所に宣誓書を提出できると分かったので、二人で訪れ、プライバシーの守られた環境で宣誓書の写しと受領証を受け取り、区役所を出た。サングラスと帽子を外した彩夏がぽつりと呟く。

「皆が結婚式をする意味が分かるね。書類をやりとりしただけじゃ実感が薄い」

「結婚式を挙げないカップルだっていっぱいいるでしょ」

「確かにそうだけど、私たちは両家に挨拶に行ったり、友達に結婚の報告をしたりしてないから、さらにね。逢衣はちゃんと結婚できる国もあるのに、って思わない？」

「もちろん思うけど、この時代にこの国で暮らしてたからこそ、彩夏と出会えたからね。自分に一番合う人を見つけ出せたのがまず幸運だし、しかも両想いなんだから、恵まれた運命だと思ってる。彩夏に出会えて、私は本当にラッキー」

どんな状況でも結局は、励まし合って前に進むしかない。相手の心に火を灯せば、幸せそうな笑顔が見られて、こちらも一緒に温かくなれる。

「そうだ、神前式だけでもしない？　神様の前で愛を誓いたいよ」

彩夏の提案に私はすぐ頷いた。

「いいね。チャペルに行く？　それとも和風に神社とか？」

「そういうのも良いけど、どうせなら枠に囚われない、シンプルなのが良い。そうだ、自然の神様に誓いたい」

「自然の神様？」

「死んだら私たちを迎えてくれる、風の神様に聞いてもらいたい。風の神様の懐には、これまでに亡くなった自分たちの身内が全員抱かれて、空を自由に走ってるんだよ。〝この世に生をもらえたおかげでこんなに愛しい人に出会えました、私たちが死んでもどうか私たちを引き離さないように、どうぞよろしくお願いします〟って伝えよう」

「じゃあハネムーンも兼ねて、また海外へ行こうか。今度はもっとスケールを大きくして、ナイアガラの滝とかエアーズロックとかで愛を誓う？」

「ううん、私は日本で誓いたい。私たちが一緒に暮らすのはこの国なんだから」

「その通りだね。国内にしよう」

恋心は時を経て重なり合う。

かつての君の面影に、今の君を塗り重ねて。

新しい色の下にある古い輪郭は、時が過ぎてもずっと消えない。

この世のすべてがどんなに移り変わっても、どれだけ強い風に吹かれても、私たちの魂はこのままありのまま、色褪せずに進もう。


話し合いをした数日後の週末、私たちは観音崎《かんのんざき》近くのホテルに泊まった。

ホテル付属の温浴施設のスパが想像以上に良くて、私たちは海の見えるパノラマ露天風呂に入ったり、爽やかな香りのするスチームサウナや岩盤浴などを楽しんだりした。

部屋に戻って窓辺の椅子に座り、彩夏と共に涼んでいると、琢磨の結婚式のときに作った私と颯と琢磨のグループアドレスに、彩夏の活動復帰を知った二人からメッセージが送られてきた。

「ねえ、こんなメッセージ来たよ。二人とも彩夏が元気になったのを喜んでる。今の彩夏の写真を送ってもいい？」

もちろん！　と喜んだ彼女と共に二人でピースサインを向けた写真を撮ると、私はその画像と共に〝本当に元気になったようです、ありがとう〟と文を添えて送信した。二人の反応は早く、琢磨は〝一緒にいたんだね！　笑顔で良かった。復帰おめでとうございます〟、颯は〝仲直りしたのか？　おめでとう。元気そうでなにより。二人とも身体に気をつけて〟と返してきた。

「私たちのこと祝福してくれる人がいたね」

彼らの返事を読んで、彩夏が嬉しそうに呟いた。

「うん。意外なところにいたね」

朝四時半に出発しようと計画していたが、起きられたのが四時半だった。そこから朝ご飯も食べたので結局出発したのは五時半になった。

見渡す限りの海と潮騒《しおさい》が朝を清めている。海沿いのボードウォーク、木製の遊歩道を歩いて観音崎公園の入り口にたどり着くと、緑の垣根一面に紫陽花《あじさい》が咲いていた。水色や藍色、薄紫色や紅色などの紫陽花がそれぞれの色ごとに一塊になって咲いて、海岸からすぐ近くの岸壁を彩っている。

昨日の夜、雨に濡れたばかりの紫陽花は雨露に磨かれてみずみずしく綺麗に発色し、誰かが手を加えているのか、それとも野生の力のみで咲き誇っているのか判定するのが難しいほど、自由さと清楚さを備えていた。褪せたピンクから黄色がかった白へのグラデーションもあり、私は彩夏といつか一緒に遊んだシャボン玉を思い出した。どこか儚いこの梅雨どきの花は、水色から薄紫への繊細な色味が大輪に展開されて、目に染みる。痩せたお婆《ばあ》さんが散歩で前を通りかかり、垣根をしばらく眺めてから立ち去った。

紫陽花の後ろには緑広がる山がそびえ、手前の平坦な緑地には早起きの家族が既にテントを設営して、海で遊ぶ態勢を万全に整えていた。バーベキューコンロを外に持ち出している男性のグループもいる。私たちは彼らの脇を通り抜け、紫陽花の垣根の隣を通り過ぎ、山道へ入った。

緩い上り坂の道は左側に木々を透かして青く光る東京湾が一望できた。彩夏と手をつないで早足で登っているとカーブを描きつついつまでも続く山道に、息が切れて汗が浮かんできた。十分ほど進んだところで右手に涸《か》れた滝の後ろにぽっかり空いた巨大な洞窟の入り口のような、陽が当たらず陰になっている空間が出現した。権現洞《ごんげんどう》だ。私たちはその空間に引き寄せられて道を逸れ、その空間の前に張ってある手すりにもたれて、洞窟の入り口を見つめた。

権現洞はぎざぎざの地層をした山肌に囲まれて突然現れる洞窟で、入り口には石の祠《ほこら》がある。看板には洞窟の由緒が書いてあり、修行中の行基《ぎょうき》菩薩《ぼさつ》が人々を苦しませるこ洞窟に住む大蛇を退治した場所とある。今は立ち入り禁止だが自由に入れた大昔は、ここに隠れて雨風から身を守った人もいたのかもしれない。暗がりになっているその奥、普通なら恐いイメージを受けそうだけれど、おどろおどろしさはなく、代わりに涼しい風が通り抜ける、神聖な雰囲気がある。

権現洞を離れて少し歩くと広場に出て道が途絶えたので、そろそろ目的地に着いたかなと思ったが、立て看板の案内で、さらに狭くて険しい山道を登りきらなければ辿《たど》り着けないことが判明した。

もしオレンジでも落としたらそのまま転がっていきそうなくらい勾配のきつい、つづら折りの階段を、彩夏を先にして進んだ。がむしゃらに足を動かしていると上から下りてきた登山姿の老夫婦とすれ違い、彩夏も私も一旦道の端に寄って歩みを止めた。老夫婦は私たちに会釈して下りていった。

山中の遊歩道は樹木に囲まれていて、シダ類も生い茂り、湿気を含んだ場所だった。木々の吐きだした酸素をそのまま私たちが直に吸っているかのような、マイナスイオンの濃密な空間だ。頭の中間の高さ辺りで結わえている彩夏のポニーテールの房が彼女の歩調に合わせて左右に揺れるのを見ながら私は足を進めていたが、彩夏が振り向いて笑顔を見せた。

「ちゃんとついてきてる？　あんまり静かだから置いてきちゃったかと思った」

私は微笑みを返したが、しゃべる気力はない。紫陽花の咲くスタート地点から出発して約二十分間、私たちは権現洞の前でわずかに休憩した以外は、ずっと急ピッチで坂道を登ってきた。

ようやく山道の終点に辿りつき、受付で切符を買うと、太陽の光でさえも真っ白に照り返す、白亜の観音埼灯台を仰ぎ見た。

「わー、懐かしいな！　子どもの頃に見たときも確かにこんな感じだった。灯台自体はあんまり高くないけど、山のてっぺんに立っているから、上ったら、とても高く感じるの」

彩夏にとっては数少ない、家族が全員そろった思い出の旅行の地だ。日本最初の洋式灯台は真っ直ぐにそびえ立ち、上端に装飾が彫られた巨大なろうそくに見えた。断崖より少し奥まった山中から夜の海を照らすこの灯台は、昨夜泊まったホテルの窓からも、ライトをゆっくりめぐらしている様子がよく見えた。

灯台の中に入ると全速力で螺旋《らせん》階段を上った。なぜかと言えば、山道を登っていると き下の方から団体観光客と思われるにぎやかな話し声が聞こえてきたからだった。一本道だから彼らが灯台を目指しているのは間違いない。彼らが上ってくる前に、私たちには済ませておかなければいけないことがあった。

中は遮光空間でひんやりしていたが、空気が停滞して少しかび臭く、足元は暗くて曲がりくねって急だし、全速力で駆け上がるのにはもっとも適していない場所だった。それでも私たちは急いで上るしかない。

前を行く彩夏のペースが少し落ちてきたので、私は彼女のお尻を後ろから押しながら階段を上った。彩夏は息を切らしながら「押さないで！」と自分の手を後ろに回し振り払いながら笑った。彼女の笑い声は灯台の狭い塔の内部で反響して私の耳に快く響いた。

すべて上りきり灯台のてっぺんに来るとお互い息が切れて、まともに声を出せそうもない。努力の甲斐《かい》があって、団体観光客はずっと後ろに引き離すことができた。

下にいたときよりも近づいた空は、雲一つない。晴れ渡る青空を見上げると、スカッとするほど爽快なのに、同時に胸が締めつけられるのはなぜだろう。澄んだ青色を見つめていると、どこか果てしない場所へ連れて行かれそうだ。額から落ちる汗が目に入り、樹木の向こうに見える朝の光を浴びた海がにじんでひしゃげた。私は汗を指でぬぐうと、外側を囲う白い手すりに身体を預けた。

手すりには釘かなにかで傷をつけて、連ねた二つの名前をハートやら相合傘やらで囲んだ落書きが、所狭しと書き連ねてある。結局は私たちも彼らと同じことをしたいだけだ。なんでもいいから自分たちの愛の証《あかし》を刻みつけて、見えないものから見えるものへ変化させ、そんな儚いやり方で永遠を見つけていこうと必死なのだ。いつまでも子どもっぽく不器用な手段で愛を示し続ける私たち人間の人生は、きっと一万年後もこの部分だけは進歩しないだろう。

私は両手をメガホンにして風に向かって叫んだ。

「風のなかの神様！　ここで私たちの愛を誓わせてください！　私、南里逢衣は、荘田彩夏を自分の妻として、一生愛することを誓います」

隣の彩夏は息を吸いこむと、私よりももっと大きな声で叫んだ。

「神様！　お騒がせしております！　私、荘田彩夏は、南里逢衣を自分の妻として、一生愛することを誓います！」

誓いの言葉はすぐに風に抱かれてかき消えた。彩夏がケースを取り出して開け、私たちは並んでいる結婚指輪をお互いの指に通すと、その手を固く握り合った。そして目を閉じて唇を合わせた。私たちを見守る風が、空が、海が、永遠の証人となった。

解　説――愛と変容を慈しむ物語

水　上　文

特別で格別の、かけがえのないあなたと恋をすること、愛すること――言葉にしてみれば美しいばかりのその試みは、実際、どんな風に達成され得るだろう?

『生のみ生のままで』における特別な愛

綿矢りさの『生のみ生のままで』は、女性同士の性愛関係を描きながら、他ならないその特別な愛を追求する小説である。

それは文字通り追求である。初めから二人の関係が「特別」だったのではないのだ。ドラマティックでその分瞬く間に終わり、儚《はかな》さこそが胸に残る思い出としての「特別」になるような、そんなものでもない。彼女達の関係は一時的なものではなく、だから一夏の恋という使い古された「特別」ではない。あるいは、二人だけの閉じた世界を構築することによって演出される「特別」でもない。彼女達は初めから互い以外の人間関係の中で出会い、外部から様々な影響を受け、関係性を変容させ、その上で持続する愛を探っていた。もちろん、彼女達を結びつけたのは単なる性欲でもない。それどころか、恋に落ちてからも性行為の幅は限定され、触れられる部位はこれまでの常識によって制限されていた。だから小説で描かれる特別な愛とは、単にロマンティックなばかりではないのだ。それは彼女達が自ら選び取り、育み、長い年月をかけて摑《つか》み取ったものなのである。

では具体的に、彼女達はどのように摑み取っていったのだろう？

始まりはさほど好印象でもなかった。二十五歳の夏、主人公の逢衣が恋人と共に出かけたリゾートで出会った女性こそ彩夏であり、彼女にとって唯一無二の存在になる人である。けれども彩夏のことを、その時の逢衣はたまらなく無愛想だと感じていたのだ。

彼女達には当初、異性の恋人が各々存在していた。逢衣の恋人であった男性の、幼《おさな》じみの恋人が彩夏だった。互いに恋人がいる状態ではあったものの、逢衣に恋に落ちた彩夏が、情熱的に、脇目も振らず、一心不乱に逢衣を追いかける。戸惑いながらも徐々に彩夏に惹《ひ》かれていく逢衣は、ついに自らの恋人に別れを告げ、彩夏と付き合うことを決心する。特に悪い人であったわけでもない、嫌なことがあったわけでもない、優しく愛情に溢《あふ》れ、とても好きだった各々の男性の恋人と別れ、彼女達は恋人同士になるのだ。

もちろん、互いに恋人がいる状態から情熱的に惹かれ合い、恋人同士になるというその展開だけで、彼女達は十分に「特別」である。その後、芸能人である彩夏の所属事務所に交際の事実が知られてしまい、引き離され、長い年月を経て再び恋人同士になるという部分も含めて、この上なくドラマティックでもある。逢衣にどうしようもなく恋をし、彼女なしでは不安定にならざるを得ない不器用な彩夏の愛情は、極めてロマンティックである。そして始まりは彩夏の一目惚《ぼ》れだったにしても、彩夏との関係の中で変化し、成長し、ただ流されるだけではない意思と愛を貫く強さを身につけ、その後会わない年月の中でも彼女を思い続けた逢衣の姿は、彼女達の他ならない特別な愛を何より雄弁に物語っている。

けれども——けれども、彼女達が「特別」を摑み取った過程に含まれているのは、それだけではない。なぜなら彼女達は、互いに出会うまで、異性愛者にアイデンティファイして生きてきたのだから。

とりわけ、全てをなぎ倒すような衝動をもたらす恋によって始まった彩夏とは異なり、逢衣の戸惑いは顕著だった。彩夏のあまりの情熱に彼女は戸惑い、押し付けられる唇に嫌悪を覚え、怒りを感じ、恐れをなすことさえあった。恋愛感情を持たない相手にそれを向けられている、という戸惑いだけではなく、そもそも恋愛対象ではなかった女性からそれを向けられている、という戸惑いが、逢衣にはあったのだ。だから彼女は彩夏に、もともと女性を恋愛対象にしていたのか、と問いかける。彩夏はこんな風に答える。

「違う。男も女も関係ない。逢衣だから好き。ただ存在してるだけで、逢衣は私の特別な人になっちゃったの。逢衣に会うまで女の人なんてむしろ嫌いなくらいだったよ、どんな魅力的な女の子でもライバルとしか思えなかったし女友達もほとんどいない。でも逢衣だけは性別を超えて、特別の格別の存在として私の目に入ってきた」（上巻１０５頁）

性別を超えて、特別の格別の存在として私の目に入ってきた――彩夏のその言葉は、もちろん彼女の偽らざる実感だっただろう。そして逢衣は当初、女性である彩夏への自らの愛を受け入れるにあたって、彼女と同じように感じていたのだ。「男も女も関係ない、彼女だから好きになったんだ」と（下巻１１０頁）。

彩夏に恋に落ちてからも、逢衣の戸惑いは消えていない。もちろん、これまで恋愛対象とみなしていなかった性別の彩夏に恋に落ちた瞬間に、ひとつの心理的ハードルは取り払われてはいる。実際、彼女と裸で抱き合った時、逢衣はこんな風に感じていた。

今まで裸でいても、私は全然裸じゃなかった。常識も世間体も意識から鮮やかに取り払い、生《き》のみ抱きしめて、一糸纏《まと》わぬ姿で抱き合えば、こんなにも身体が軽いとは。

（上巻172頁）

ここで逢衣は「生のみ」であることの欠片《かけら》を掴む。

ただそれは未《いま》だ十分ではない。初めての逢瀬《おうせ》の時、逢衣はこれまで性欲の対象ではなかった女性の胸部を目にして「できない」と感じる。自らの下半身に彩夏の指が届くと、緊張で身体《からだ》がこわばる。その時の逢衣は、端的に性欲の対象とされる部位ではなくて、たとえば彩夏の喉元、尖《とが》った顎にこそ、性欲を覚えるのだ。要するに、彼女達の「特別」な愛は、この時点では、当たり前のように恋人の全ての身体を性的欲望の対象としてみなすことを可能にするものではない。すぐに「生のみ」になれたわけではないのだ。

愛は何もかもをすぐさま可能にするのではない――長い時間をかけて、会えない日々を超えて、そうしてようやく再会後、逢衣は「彩夏の女としての肉体が、私は好きなのだ」（下巻110頁）と悟るのだ。持続する愛によって彼女は彩夏の女性としての身体に、その具体的な部位に、ひとつひとつ性的欲望の対象として出会い直していく。言うまでもなく、性欲だけがあるのではない。たとえば逢衣は、男性の恋人がいた時には「家事や子どもの養育と引き換えに金銭面では面倒を見てもらうつもりでいた」（上巻182頁）けれど、彩夏と出会ったことによって自分自身が「もっと自立し彩夏を守れる立場になる必要」（上巻182頁）を感じるようになる。異性愛が自明視される社会では、同性を愛し、共に生きる相手として選び取ることは、欲望の問題だけに留《とど》まるようなものではないのだ。それは職業選択にも、彼女の生き方そのものにも影響する、大きな変化だった。そして再会後の逢衣は、彩夏を守り支えることを決意通り実行する。彼女を愛し続ける中で逢衣は、自らを当然のように異性愛者としてみなしていた意識から抜け出て、自分自身の価値観の、欲望の変容を、変わりゆく自分を発見するのである。

とすれば、なぜ彼女達の関係が「特別」なのかは明らかである。彼女達の愛が「特別」なのは、共にあることを選び取り、自らを変え、そして持続するものだからだ。一人では決してなし得ない変容を、他ならないあなたを愛するために遂げていくものだからだ。それは「生のみ」になり、新たなる自分になる過程そのものである。

特別な愛の物語が突きつけるもの

けれども――けれども、『生のみ生のままで』がどれほど丁寧に、彼女達がかけがえのない二人の関係性を作り上げていく様を描いていたとしても、それだけで本当にあの試みは達成され得るだろうか？　特別で格別の、かけがえのないあなたと恋をする、愛する、そうした彼女達の試みは守られ得るものだろうか。

たとえば、この小説が当初受けた賞賛のほとんどは、「同性愛の物語ではない」というものだったのだ。「同性愛」という既存のカテゴリーにあてはまるものではなく、ただ運命的に惹かれあった唯一無二の相手が同性であっただけなのだと。人生でただ一人の相手と出会うその切実さ、美しさ、奇跡的な愛こそが感動をもたらすのであって、この感動において同性愛の物語であることは瑣末《さまつ》な事態に過ぎないのだと。驚くべきことに、女性同士の性愛関係を描いた『生のみ生のままで』の書評は口を揃《そろ》えて、この小説が「同性愛の物語のように見えるがそうではない」ことを賞賛していたのだった。

だが異性愛の物語であれば、「異性愛のように見えるがそうではない」と賞賛を込めて語られることなどないだろう。「異性愛の物語」だと語ることが、何か作品を損なうようなものとして憚《はばか》られることもないだろう。異性愛が当たり前に受け入れられる社会では、「異性愛ではない」として存在そのものを否定され、けれども同時に「特別」「運命」のようなロマンティックな物語を盛り上げる装置として、感動を掻《か》き立てるハードルとして利用されることもないだろう。運命的に惹かれあっているにもかかわらず周囲に祝福されないことを、異性愛者ならではの痛ましい要素として語られることも、もちろんないだろう。

とすれば、まるで「同性愛の物語」であると口にすることが作品を貶《おとし》めることに繋《つな》がると言わんばかりのこうした語り口は、単に異性愛ばかりが当然のものとして受け入れられている社会だからこそ、同性愛差別的な価値観があるからこそ可能になっているものなのだ。同性愛というカテゴリーを拒絶しようとする態度は、実のところ、異性愛というカテゴリーを何より自明視し重視する態度に他ならないのである。

こうした語り口は、結局のところ小説で描かれたものを根本的に捉え損なっているように、私には思える。

なぜならその語り口に含まれているものは、まさしく『生のみ生のままで』が取り払おうとした「常識」や「世間体」そのものではないか？　彼女達が「生のみ」で愛し合うことを阻害したもの、とりわけ逢衣を縛っていたものに他ならないではないか？　小説は、彼女達が異性愛を当然とする価値観から抜け出て、互いに出会い、愛するところこそを描いていたのではなかったのか。ただ感動するばかりでは終われない。小説は未だ「生のみ」になれない読者にこそ、それを突きつけているのである。


（みずかみ・あや　文筆家）

本書は、二〇一九年六月、集英社より刊行されました。
初出「すばる」二〇一九年二月号～三月号
JASRAC 出 2201795-201

綿矢りさの本

意識のリボン

交通事故で身体から意識が抜け出してしまった真彩は……表題作。娘、妻、母、さまざまな女性の人生に寄り添うように心の動きを描き切る8つの物語。

集英社文庫

集英社文庫

生《き》のみ生《き》のままで 下《げ》

2022年6月25日 第1刷　定価はカバーに表示してあります。

著 者 綿矢《わたや》りさ

発行者 徳永 真

発行所 株式会社 集英社
東京都千代田区一ツ橋2-5-10 〒101-8050
電話 【編集部】03-3230-6095
【読者係】03-3230-6080
【販売部】03-3230-6393(書店専用)

印 刷 大日本印刷株式会社

製 本 大日本印刷株式会社

フォーマットデザイン アリヤマデザインストア　マークデザイン 居山浩二

ISBN978-4-08-744396-7 C0193